리턴마스터

리턴 마스터 8

류승현 장편소설

초판 1쇄 찍은 날 § 2018년 2월 13일
초판 1쇄 펴낸 날 § 2018년 2월 20일

지은이 § 류승현
펴낸이 § 서경석

총괄팀장 § 최하나
편집책임 § 이지연
디자인 § 신현아

펴낸곳 § 도서출판 청어람
등록번호 § 제387-1999-000006호
등록일자 § 1999. 5. 31
어람번호 § 제1-2850호

주소 § 경기도 부천시 원미구 부일로 483번길 40 서경B/D 3F (우) 14640
전화 § 032-656-4452 팩스 § 032-656-4453
http://www.chungeoram.com
E-mail § chungeorambook@daum.net

ISBN 979-11-04-91648-9 04810
ISBN 979-11-04-91429-4 (세트)

8

류승현 장편소설

리턴 마스터

FUSION FANTASTIC STORY

청어람

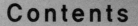

Contents

• 70장 •
헌팅 데이트

플라이 웜은 샌드 웜에 비해 스탯이 떨어졌다.

유일한 장점은 높은 항마력이지만 어차피 마법으로 잡을 게 아니기 때문에 무의미한 스탯이다.

특히 내구력이 약했다. 날아다닌다는 것 때문에 몸이 가벼워서 그런지, 컴팩트 볼 한 방에 치명상을 입힐 수 있다.

그런 주제에 엄청나게 호전적이라 일부러 쫓아다닐 필요도 없었다.

일단 한 마리를 잡자 근처에 있던 녀석들이 떼로 몰려들어 공격하기 시작했다.

그렇게 마르카 산의 정상에 있는 모든 플라이 웜을 사냥하자 불과 한 시간도 지나지 않아 더욱 거대한 플라이 웜이 북쪽 하늘로부터 날아오기 시작했다.

플라이 웜 킹.

전장은 30여 미터로 샌드 웜 킹보다는 작은 편이다.

대신 몸에 돋은 여섯 장의 거대한 날개가 위압적이었다. 나는 스텔라의 이야기를 떠올리며 마음을 다잡았다.

"처음엔 포획한 플라이 웜 킹도 지구로 보낼 생각이었어. 그런데 계속 스카이 웜을 낳더라. 그래서 황금 알을 낳는 닭의 배를 가르는 대신 계속 알을 낳게 한 거야."

확실히 전생의 인류 저항군이 상대한 것은 그냥 플라이 웜뿐이었다.

주의, 경계, 경고, 위험, 재앙.

웜들은 모두 경고 등급이었다. 물론 저 플라이 웜 킹은 재앙 등급일 것이다.

하지만 녀석에겐 치명적인 약점이 있었다. 나는 정면으로 날아드는 녀석을 향해 타이밍을 맞춰 노바로스의 파도를 사용했다.

푸화아아아아아아아아악!

거대한 화염이 거대한 몬스터의 몸을 순식간에 휘감는다.

하지만 날아오던 기세는 그대로였다. 녀석은 불길에 휩싸인 채, 그대로 내 쪽을 향해 육박했다.

하지만 나는 이미 정상 아래로 쪽으로 몸을 던진 상태였다.

콰과과과과과과과과과광!

그대로 정상에 처박힌 플라이 웜 킹은 온몸을 비틀며 포효했다.

워어어어어어어어어어어!

안 죽었다.

다만 처음부터 이걸로 죽일 생각도 없었다. 노바로스의 파도는 무엇보다 강력한 화염 마법이지만 상대 역시 엄청난 수치의 항마력을 가지고 있었으니까.

항마력: 119(803)

항마력의 최대치는 그 강력했던 샌드 웜 킹의 두 배도 넘는다.

하지만 멀쩡한 몸뚱이와는 달리 거대한 여섯 장의 날개는 흔적도 없이 불에 타 사라진 상태였다.

"플라이 웜 킹의 약점은 날개가 불에 약하다는 거야. 그리고 날개를 잃으면 혼란 상태에 빠져."

스텔라의 조언은 정확했다.

날개를 잃은 녀석은 마치 산 정상을 무너뜨릴 기세로 온몸을 뒤틀며 발작하듯 요동치기 시작했다.

마치 불판 위에 올라간 장어처럼.

그 때문에 나는 미리 산 중턱까지 도망쳐 내려왔다.

쿠구구구…….

거의 천 미터 이상 내려왔는데도 산 정상에서 플라이 윙 킹이 몸부림치는 진동이 느껴졌다.

하지만 이걸로 끝이었다. 그사이 스텔라가 김이 나는 양철통을 들고 오며 미소를 지었다.

"어서 와. 날씨도 추운데 차 한잔 어때?"

나는 군말 없이 양철통을 받아 들었다. 스텔라는 흙먼지가 피어오르는 산 정상을 올려다보며 말했다.

"이제 서너 시간만 지나면 완전히 탈진해서 축 늘어져. 그럼 그때 올라가서 잡으면 돼. 힘도 안 들이고 좋지?"

"시간이 좀 걸리는군. 정령검의 힘을 쓰면 지금 그냥도 잡을 수 있을 텐데."

"하지만 그거 오러를 전부 소모한다며? 그럼 안 돼. 마력이야 박 소위의 포션으로 빠르게 회복시킬 수 있지만 오러는 그렇게 할 수 없잖아?"

나는 고개를 끄덕였다. 그리고 품속에 있는 시공간의 주머니에 손을 집어넣었다.

주머니 속에는 미리 챙겨온 200병의 마력 회복 포션이 들어 있었다. 나는 한 병을 꺼내 마시다 아차 하며 눈살을 찌푸렸다.

"생각해 보니 쓸데없는 짓을 했군."

"왜?"

"음식 말이야. 처음부터 자유 진영에서 보존식을 왕창 사서 주머니에 담아 올걸… 굳이 현지에 도착해서 맛없는 걸 살 필요가 없었어."

그러자 스텔라가 웃었다. 나는 이상하다는 얼굴로 물었다.

"왜 웃지?"

"아니야. 이런 모습은 처음이라서."

그녀는 웃음을 그치며 내 얼굴을 마주 보았다.

"문주한 준장이 음식 투정 하는 모습 말이야. 항상 규호에게 맛없는 전투식량을 억지로 먹이느라 고생했잖아?"

"아… 그땐 확실히 그랬지."

나는 쓴웃음을 지으며 고개를 끄덕였다. 스텔라는 그런 내 입술에 가볍게 입을 맞추며 말했다.

"잘 먹고 기운 차려. 아직 잡아야 할 몬스터가 많아."

"하지만 이젠 시간이 부족하다. 디데이 사흘 전까지는 뱅가드로 돌아가야 해. 그 사흘을 빼면 앞으로 열흘밖에 안 남았고."

"걱정 마. 열흘이면 저런 걸 세 마리는 더 잡을 수 있으니까."

그녀는 웃으며 장담했다.

만약 그녀의 말대로라면 나는 앞으로 열흘 안에 3단계 소드 익스퍼트를 달성할 수 있을 것이다. 나는 심호흡을 하며 남은 포션을 단숨에 들이켰다.

＊　　　＊　　　＊

"비홀더와 싸웠던 걸 기억해?

스텔라가 물었다. 나는 고개를 저으며 대답했다.

"직접 싸운 적은 없어. 인류 저항군도 싸워서 잡은 건 아니고."

내 기억이 맞는다면 비홀더라 명명한 몬스터는 2033년에 지구로 소환됐다.

그리고 약 1년간 손도 대지 못했다.

대부분의 공격을 무위로 돌리는 특수한 능력 때문이기도 했고, 녀석이 소환된 장소가 인간이 거주하지 않는 호주의 사막이기도 했다.

몬스터는 귀환자와는 다르다. 일부러 찾아다니면서 인류를 멸망시키려 하지 않았다.

당시엔 이미 귀환자들과의 전투에서 인류가 밀리기 시작한 상태였다. 그런 와중에 사막에서 아무 짓도 안 하고 가만히 있는 몬스터를 굳이 사냥할 이유는 없었다.

그저 위성을 통한 정찰과 감시만 유지했다.

결국 녀석을 잡은 것은 같은 지역으로 귀환한 초과학 차원의 귀환자였다.

"자료로 남은 영상을 본 적은 있지. 이상한 거울 같은 장벽을 만들어 대부분의 공격을 튕겨내더군."

"그게 골치 아파. 진짜 강한 화력을 쏟아내지 않으면 깨지지 않거든."

"그럼 어떻게 공략하지?"

나는 호숫가에 몸을 숙인 채, 멀리 호수의 중심에 떠 있는 비홀더를 노려보았다.

이곳은 플라이 웜 킹을 잡은 그라운 산맥에서 북동쪽으로 400여 km 떨어진 곳에 위치한 '마농'이란 호수다.

신기한 건 저토록 강력한 마물이 서식하는 곳에서 불과 5km도 떨어지지 않은 곳에 도시와 마을들이 자리 잡고 있는 것이다.

하지만 지구에서의 경험에서도 알 수 있듯이 비홀더는 인간을 사냥하기 위해 일부러 자리를 옮겨 다니지 않는다.

오히려 자신이 멈춰 있는 위치에서 거의 움직이려 하지 않았다. 일정 거리 안에 움직이는 것이 들어오면 그제야 반응하며 전투태세를 갖춘다.

그래도 위험한 몬스터라는 사실엔 변화가 없다. 굳이 사냥하지 않고 내버려 두는 이유는 비홀더가 자리 잡은 호수의 물은 그냥 마셔도 될 정도로 깨끗하게 정화가 되기 때문이라고 한다.

비홀더의 형태는 지름이 5미터쯤 되는 녹회색의 구체다.

그런 구체의 중심에 거대한 눈이 박혀 있고, 상부와 하부에는 머리카락처럼 가늘고 긴 촉수들이 돋아 있다.

'저 촉수로 호수의 물을 정화하고 있는 걸까?'

"이번엔 약간 까다로워."

스텔라는 내 옆에 엎드린 채 작은 목소리로 말했다.

"예전에 포획하러 다녔을 때도 비홀더는 항상 힘들었어. 언제나 수십 명의 지구인이 목숨을 잃을 정도로."

"그래도 방법을 알아냈겠지? 결국 포획해서 지구로 보냈으니까."

"웅. 하지만 이번엔 포획이 아니라 사냥이니까. 이 방법이 가장 쉬울 거야."

그녀는 비홀더의 약점을 짧게 설명했다. 나는 고개를 끄덕이며 천천히 몸을 일으켰다.

"그럼 여기 있어. 금방 다녀올 테니까."

나는 호수에 발을 담그며 천천히 안쪽으로 들어갔다.

호수는 마치 불순물이 하나도 없는 유리처럼 맑았다. 나는 비홀더와의 거리를 300여 미터까지 좁힌 다음, 품속에 있는 시공간의 주머니를 꺼냈다.

그리고 주머니 속에 손을 집어넣으며 중얼거렸다.

"드래곤의 내장 조각……."

그러자 며칠 전에 사냥했던 어스 드래곤의 내장 조각들이 내 손을 향해 다가오기 시작했다.

피와 오물로 가득한 긴 창자의 조각들.

그때는 알지 못했다. 어째서 스텔라가 이런 것을 챙겨놓으라고 했는지.

"……."

나는 입술을 깨물며 그것을 움켜쥐었다.

조각이라고 해도 하나하나가 내 몸통만 했다. 나는 주머니에서 끄집어낸 조각을 그대로 물속에 빠뜨렸다.

시공간의 주머니에 넣은 모든 물건은 그대로 분자 활동이 정지되며 처음 상태로 고정된다.

마치 시간이 멈춘 것처럼.

그리고 다시 시간을 되찾은 내장 조각은 티 하나 없이 맑은 호수 물에 자신의 흔적을 퍼뜨리기 시작했다.

더러운 오물과 대량의 혈액을.

'환경 파괴범이 된 기분이군.'

나는 씁쓸한 기분을 느끼며 옆으로 100여 미터를 헤엄쳤다.

그리고 그곳에서 다시 또 내장 조각을 꺼내 물속에 풀었다.

챙겨 온 내장 조각은 모두 여섯 덩어리다.

그렇게 계속 이동하며 여섯 번째 조각을 물에 빠뜨린 순간, 멀리 호수의 중심부에 떠 있던 비홀더가 괴성을 지르기 시작했다.

찌이이이이이이이이익!

마치 덫에 걸린 들쥐의 비명 소리 같다.

차이가 있다면 음량이다. 나는 고막이 찢길 듯한 고통을 느끼며 양손으로 귀를 막았다.

"비홀더는 자신이 살고 있는 호수를 정화하는 습성이 있어. 그래서 호수가 오염되면 전력을 다해서 그걸 복구해. 그리고 오염을 복구하는 데 마력을 소모하고."

문득 스텔라의 이야기가 떠올랐다.

그것을 알아낸 것은 비홀더와의 전투에서 이미 수백 명이 죽어 그들의 피가 호수에 퍼진 이후라고 한다.

그래서 미리 드래곤의 내장 조각을 챙겨 온 것이다.

스텔라는 30분만 기다리면 비홀더가 정화를 위해 대부분의 마력을 소모할 거라고 했다.

하지만 그녀는 드래곤의 내장이 가진 위력을 얕보고 있었다. 최대치가 800에 달하던 비홀더의 마력은 고작 5분 만에 바닥까지 떨어져 버렸다.

이게 생각보다 엄청난 오염 물질인 모양이다.

그다음은 간단했다.

비홀더는 마력으로 모든 것을 해결하는 마법형 몬스터다. 마법을 전부 소모한 비홀더를 사냥하는 것은 평범한 샌드 웜 한 마리를 잡는 것과 비슷할 만큼 쉬웠다.

*   *   *

나는 불가에 옷을 말리며 말했다.

"솔직히 전혀 안 까다로웠어."

그러자 스텔라는 나무 꼬치에 꿴 고기를 뒤척이며 고개를 저었다.

"당신이 사냥하기 힘들 것 같아서 까다롭다고 한 게 아니야."

"그럼?"

"드래곤의 내장을 물에 풀어놓는 작업 자체가 냄새나고 힘들잖아? 그래서 미리 경고한 것뿐이야."

그녀는 태연하게 대답했다. 나는 쓴웃음을 지으며 고개를 끄덕였다.

"그래. 확실히 불쾌한 작업이긴 했지."

"당신에게 위험할 정도였으면 처음부터 잡자고도 안 했어. 앞으로도 마찬가지니까 너무 긴장하지 마."

그녀는 구운 플라이 웜 고기를 내밀며 말했다.

"그러고 보니 전생에는 운이 좋았네. 비홀더는 주변에 물이 없으면 활동성이 극단적으로 떨어지거든."

"확실히 거의 움직이지 않았지."

"평소에도 잘 안 움직이지만 말이야. 그래서 별로 걱정하지 않았어. 사실 걱정했던 건 비홀더가 아니라 제국군이었는데, 이젠 별로 안 보이네."

"아까 들렀던 요새 말이지?"

스텔라는 고개를 끄덕였다.

마농 호수와 근처의 도시 사이에는 제국군이 주둔하는 작은 요새가 세워져 있었다. 스텔라의 기억에 따르면 보통 3백 명 정도의 군대가 주둔하고 있다고 한다.

그런데 지금은 단 한 명의 병사조차 남아 있지 않았다. 나는 잠시 생각하다 말했다.

"역시 국경으로 소집된 게 아닐까? 자유 진영과의 전쟁이 터졌으니까."

"하지만 여긴 진짜 변방인걸. 신성제국은 전쟁이 터졌다고 변방에 배치한 경비병들까지 불러들일 만큼 약한 나라가 아니야."

확실히 그럴 것이다. 나는 호수에 오기 전에 들렀던 마을을 떠올리며 고개를 끄덕였다.

"그러고 보니 도시나 마을에도 병사들이 전혀 안 보였지. 박 소위가 검문을 대비해서 주민표와 여행표까지 위조해 줬는데 말이야."

"뭔가 이상해. 물론 우리한텐 잘된 일이지만."

그녀는 점점 탁해지고 있는 호수를 바라보았다.

"덕분에 시간이 단축됐어. 계획한 것보다 한 번 더 사냥을 할 수 있을 것 같아."

"정말 디데이 전까지 돌아갈 수 있는 거지?"

그녀는 대답 대신 미소로 답했다. 나는 어쩐지 늦을지도 모른다는 불안을 느끼며 고기를 씹기 시작했다.

                    *   *   *

  신성제국의 변방에서 병사들이 자취를 감춘 것은 자유 진
영과의 전쟁 때문만이 아니었다.

  "글쎄, 그 소문 못 들었어? 성도에서 난리가 났다던데."

  다음에 들른 도시에는 이미 소문이 쫙 퍼져 있었다. 나는
여행객을 가장하며 사람들에게 정보를 수집했다.

  "제가 바로 그 성도 류브에 살던 사람입니다. 대체 성도에
무슨 일이 벌어졌습니까?"

  "아, 그게 엄청난 몬스터가 나타난 모양입니다. 역시 성도에
사는 사람들의 신앙이 부족했던 거겠죠. 빛의 신께서 사치와
향락으로 타락한 성도 사람들에게 고난을 내리신 겁니다. 그
런데 당신도 성도에서 오셨다고요? 그럼 회계하십시오! 모든
악념(惡念)을 버리고 기도하세요! 지금 당장!"

  역시 제국의 인간들과는 대화하는 것 자체가 스트레스다.

  어쨌든 성도에 뭔가 강력한 몬스터가 출현했고, 그것을 막
기 위해 대규모의 군대가 동원된 것은 사실인 것 같다.

  문제는 지금이 전시라는 것.

  이미 대규모의 병력이 전방에 투입되어 있다. 때문에 제국은
병력의 공백을 메우기 위해 치안 유지나 몬스터에 대한 방어로
변경에 주둔시킨 군대까지 모조리 성도로 끌어모으고 있었다.

  "이상하네. 성도 주변에 강력한 몬스터가 출몰할 리가 없어.

그리고 행여 출몰했다 해도 금방 제압될 테고."

스텔라는 상점에서 구입한 도구들을 배낭에 챙기며 말했다.

"누가 뭐래도 제국 최강의 전력이 지키고 있는 곳이니까. 3군 총사령관인 블랑크와 황제 친위 기사단도 있고, 아크 위저드인 유메라도 있고, 여차하면 또 다른 아크 위저드인 이시테르도 올 테고."

전부 직접 만났거나 익히 들어본 이름들이다.

나는 고개를 끄덕이며 말했다.

"그 사람들이 동시에 투입되면 못 잡을 몬스터가 없을 텐데 말이지. 혹시 드래곤이 더 있나? 정상 스텟을 꽉 채운 드래곤 이라면 힘들 것 같기도 하군."

"물론 더 있어. 하지만 이런 시기에 갑자기 성도에 나타날 리는 없어. 그리고 정말 나타났다면……."

스텔라는 눈을 감고 잠시 고민하다 말했다.

"아마 황제가 직접 나설 거야."

"소드 마스터인 제국 황제 말이지? 혹시 직접 만나거나 본 적 있어?"

"한 번도 없어."

스텔라는 고개를 저었다.

"황제는 몸이 안 좋다고 들었어. 하지만 아예 못 싸울 정도 는 아니야. 다른 전장에서 싸웠다는 이야기는 들었으니까."

"다른 전장?"

"응, 그러니까……."

스텔라는 뭔가를 말하려다 입을 다물고 멍한 눈으로 허공을 바라보았다.

그것은 전생부터 그녀가 가지고 있던 습관이었다.

당시엔 왜 그러는지 알 수 없었다.

하지만 지금은 알고 있다. 그것은 끝도 없이 반복된 기억의 폭포에 파묻힌 화석을 발굴하기 위한 과정이었다.

잠시 후, 그녀는 발굴에 성공했는지 한숨을 내쉬며 말했다.

"황제는 초과학 차원의 귀환자를 상대로 싸웠어."

"뭐?"

나는 경직되었다.

스텔라는 눈살을 찌푸리며 한동안 고민했다.

"그러니까… 언제나 그랬던 건 아니야. 100번 정도 회귀하면 그중에 한두 번 정도였나? 확실히 초과학 차원에서 귀환자들이 레비그라스로 넘어왔던 적이 있어."

"지구가 아니라 레비그라스로?"

"응."

"그걸 왜 지금 말해? 아니……."

나는 즉시 고개를 저으며 공격적으로 변한 말투를 수습했다.

"정말 그런 일이 있었단 말이야? 어떻게? 그리고 그다음엔 어떻게 됐는데?"

"어떻게 그런 일이 벌어졌는지는 모르겠어."

그녀는 눈을 가늘게 뜨며 고개를 저었다.

"말했듯이 그렇게 자주 벌어진 일이 아니니까. 그리고 벌어졌을 때도 난 세뇌당해 있었어. 그냥 신관들의 이야기를 들었을 뿐이야."

"그럼… 어쨌든 레비그라스로 온 귀환자는 전부 제압한 건가?"

"아마도 그렇지 않을까? 내가 귀환한 이후에도 계속 귀환자가 지구로 왔으니까."

그렇다면 다행이다.

초과학 차원의 귀환자가 골치 아픈 것은 그들이 '개인'으로 돌아오지 않는다는 것이다.

그들은 언제나 군단을 몰고 왔다.

결국 그들의 강력함은 군단의 규모에 달려 있었다.

대체 어떻게 레비그라스 차원으로 돌아온지는 모르지만, 제압이 가능했다는 것은 규모가 작다는 것을 의미한다.

'규모가 작다면 지금 나 혼자로도 충분히 제압할 수 있어. 그런데 생각해 보니… 초과학 차원의 귀환자들은 대체 어떻게 지구로 돌아온 거지?'

레비그라스 차원은 대신관인 레빈슨이 최상급 전이의 각인을 가지고 있기 때문에 가능했다.

하지만 초과학 차원에는 레빈슨이 없고, 각인도 없을 것이다.

그리고 그건 우주 괴수 차원도 마찬가지였다. 나는 스텔라와 함께 도시를 빠져나오며 이 문제에 대해 한참 동안 이야기를 했다.

"일단 우주 괴수 차원은 어떻게든 레빈슨과 엮을 수 있을 것 같아. 루도카 황자만 봐도 그렇고. 하지만 초과학 차원은 정말 모르겠어."

스텔라의 엄청난 경험과 지식은 대부분 레비그라스와 멸망 직전의 지구에 몰려 있었다. 나는 전생에 상대했던 수많은 사이보그 군대를 떠올리며 말했다.

"나도 영문을 모르겠군. 초과학 차원은 과학이 발전한 곳이니… 어쩌면 차원 이동도 과학으로 가능하게 만든 걸까?"

"그럴지도. 그게 아니라면……."

스텔라는 한동안 생각하다 고개를 저었다.

"아니, 지금은 그것보다 다음에 잡을 몬스터에 집중하자. 초과학 차원의 문제는 이쪽을 해결한 다음에 생각해도 늦지 않을 테니까."

그것이 정답일 것이다. 나는 그녀의 생각에 동의하며 다음에 잡을 몬스터에 대한 공략에 집중했다.

*　　　*　　　*

"그럼, 제가 없는 동안 대신전을 부탁드리겠습니다."

대신관이 기묘한 옷을 입으며 말했다. 하이 템플러의 수장인 라크돈은 허리에 찬 검을 만지작거리며 물었다.

"대신관, 당장 지척에 몬스터가 날뛰고 있습니다. 당장 오늘 저녁에 대규모 토벌대가 움직입니다. 지금이라도 몬스터의 퇴치에 신전의 모든 역량을 모아주는 게 좋지 않겠습니까?"

"절대 움직이면 안 됩니다."

대신관은 단칼에 고개를 저었다.

"하이 템플러나 전투 신관들을 움직이면 안 됩니다. 저건 상급 공허 합성체니까요."

"공허 합성체라니… 그게 무엇입니까?"

"보이디아 차원의 주민이죠."

대신관은 특이하게 생긴 헬멧을 뒤집어쓴 다음, 옷의 어깨 부근에 달린 단추를 눌렀다.

슉!

그러자 부풀어 있던 옷이 타이트하게 말리며 대신관의 몸을 감쌌다. 라크돈은 익숙하지 않은 그 복장에 눈살을 찌푸리며 말했다.

"대신관께서 보이디아 차원의 힘을 내리신다는 건 알고 있습니다. 하지만 힘을 받은 겔브레스가 배신했습니다. 이제 와서 또 누군가에게 그 힘을 내리는 건 위험하지 않겠습니까?"

"저는 보이디아 차원에 가려는 게 아닙니다."

대신관은 투명한 헬멧 속에서 고개를 저었다.

"라크돈, 지금부터 제가 가려는 곳은 당신이 이해할 수도 없고, 이해해서도 안 되는 차원입니다. 이 모든 것은 빛의 신의 뜻이니, 저를 믿고 이곳에서 맡은 책무에 전념해 주시길 바랍니다."

"혹시… '그 약'을 받아 오는 곳에 가시려는 겁니까?"

라크돈이 조심스럽게 물었다. 대신관은 빙긋 웃으며 대답했다.

"눈치가 빠르시군요. 네, 바로 그곳입니다."

"하지만 굳이 이런 순간에……"

라크돈은 탄식하며 고개를 저었다.

대신관인 레빈슨에겐 복용하는 인간의 수명을 극적으로 늘려주는 비약이 있었다.

일명 '영생의 물약'.

하지만 라크돈을 비롯한 대신관의 고위층들은 알고 있었다.

영생의 물약은 레빈슨이 직접 만드는 게 아니다. 그는 어딘가에서 그 물약의 원액을 공급받고 있었다.

비록 그 순간을 목격한 사람은 아무도 없다 해도, 차원을 이동할 수 있는 힘을 가진 대신관이 '다른 차원'의 무언가와 연결되어 있다는 것을 예측하는 건 그리 어려운 일이 아니었다.

"라크돈, 그러고 보니 지금 나이가 어떻게 되었습니까?"

그것은 뜬금없는 질문이었다. 라크돈은 잠시 주춤거리다 헛기침을 하며 대답했다.

"여든셋입니다."

"벌써 그렇게 되었군요. 저희들이 처음 만났을 때는 아직 10대의 어린 기사였는데 말입니다."

대신관의 말투는 교묘했다. 라크돈은 그제야 대신관의 뜻을 알아채고는 난감한 표정을 지었다.

"대신관, 저는 영생을 바라지 않습니다."

"영생 같은 건 존재하지 않습니다."

대신관은 고개를 저었다.

"위대하신 빛의 신을 제외하면 세상의 모든 것은 반드시 필멸합니다."

"그렇다면……."

"하지만 젊음은 가능합니다. 정해진 수명 안에서 가능한 젊음을 유지하며 사는 게 행복하지 않겠습니까? 이번 난리만 잘 수습되면 당신에게도 물약을 지급하도록 하겠습니다."

그것은 뿌리칠 수 없는 유혹이었다.

제아무리 오러를 익혀 노화가 느리게 찾아온다 해도, 여든이 넘은 그의 얼굴엔 이미 주름과 검버섯이 가득했다.

그는 젊은 시절의 자신을 떠올리며 탄식했다. 대신관은 미소를 지으며 손을 들었다.

"그럼 잠시 나가주시지 않겠습니까? 그리고 제가 나올 때까지는 아무도 이 방에 들어오지 않게 해주시길 바랍니다."

*   *   *

레빈슨은 차원의 문을 열었다.

여러 명이 아닌 단 한 명, 그것도 자기 자신을 이동시킬 문을 만드는 건 그렇게 어렵지 않았다.

하지만 그렇게 건너간 다른 차원에서 생존할 수 있는 것은 전혀 다른 문제였다.

보통 죽는다.

레빈슨 자신이 처음 지구에 도착했을 때도, 불과 10초도 되지 않아 의식을 잃을 뻔했다. 목숨을 건질 수 있던 건 단지 자신이 만들어놓은 차원의 문으로 재빨리 몸을 던졌기 때문이다.

그 뒤로도 수많은 시행착오가 있었다. 그렇기에 지금처럼 다양하고 강력한 전이 능력을 쓸 수 있게 된 것이다.

그리고 이곳은 지구가 아니다.

그가 들어온 곳은 사방이 강철로 막힌 넓은 방이었다.

사실 재질이 강철인지 아닌지는 아무도 모른다. 그것을 알 수 있는 것은 오직 그것을 만들어낸 이곳 차원의 인간들뿐일 것이다.

오비탈.

그들은 자신들의 세계를 그렇게 불렀다.

우웅…….

레빈슨이 나타나자, 텅 비어 있던 바닥이 스스로 올라오며 형상을 갖추기 시작했다.

의자.

그리고 테이블.

테이블 위에는 차원경과 비슷한 생김새의 물건이 놓여 있다. 레빈슨은 의자에 앉으며 그 차원경을 바라보았다.

잠시 후, 차원경에 빛이 나오며 사람의 얼굴이 나타났다.

"어서 오십시오, 레빈슨."

대머리에, 얼굴에 핏기가 하나도 없는 남자가 감정 없는 목소리로 인사했다.

"먼저 우주복의 상태를 확인해 주시기 바랍니다. 화면에 표시된 숫자를 불러주시겠습니까?"

남자가 요구했다. 레빈슨은 투구의 안쪽에 떠오른 화면을 보며 고개를 끄덕였다.

"전력 충전은 26퍼센트. 필터 오염도는 71퍼센트. 스케라 농도는 2.19퍼센트입니다."

"필터는 다음에 교체해도 되겠군요. 그런데 콘택트 룸(Contact Room)의 스케라 농도가 예측보다 높습니다. 대화는 5분 내로 마쳐야 할 것 같군요."

어째서인지는 모르지만, 저들은 이 강철 방의 내부 상태를 정확히 측정하지 못했다. 세상에는 그들의 압도적인 과학기술로도 여전히 불가능한 것이 남아 있는 모양이었다.

레빈슨은 여유 있는 표정으로 고개를 끄덕였다.

"알겠습니다. 먼저 영생의 물약과 알약을 주시겠습니까?"

그러자 테이블 위에 공간이 열리며 금속으로 만들어진 물통과 약통이 나타났다.

"양측의 계약에 따라, 이번에도 2리터의 물약과 총 6백 정의 안티 보이디아 항우울제를 지급하겠습니다."

"감사합니다."

레빈슨은 자신이 가져온 빈 물통과 약통을 바닥에 내려놓은 다음, 저들이 새로 준 물통과 약통을 대신 챙겼다.

차원경의 남자는 무표정한 얼굴로 계속 말했다.

"보이디아 차원의 활동이 점점 더 강해지고 있습니다. 그들이 공급받는 부정의 힘이 한계에 이르기 전에 지구의 인류를 멸종시켜야 합니다. 계획은 어떻게 진행되고 있습니까?"

"순조롭습니다."

레빈슨은 눈 하나 깜짝하지 않고 거짓말을 했다.

"하지만 아무리 순조로운 상황이라 해도, 언제나 차선책은 준비해야 합니다. 전에 말씀드린 건 어떻게 되었습니까?"

"준비는 이미 끝났습니다, 레빈슨. 당신이 완전히 오비탈에 넘어올 경우, 당신은 곧바로 차원 전이를 사용해 지구인을 오비탈로 소환할 수 있습니다. 장소도, 개조 키트도, 재교육 시설도 전부 완성됐습니다."

"하지만 저는 지구인이 아닙니다."

레빈슨은 자신이 입고 있는 밀폐된 갑옷을 두드리며 말했다.

"이 갑옷이 없으면 저는 오비탈에서 단 1분도 생존할 수 없습니다. 그 점은 어떻게 합니까?"

"당신이 입고 있는 우주복은 '스케라'를 사용하지 않는 방식의 구형 우주복입니다. 신형 우주복은 당신들의 차원에서 작동하지 않으니까요. 만약 당신이 완전히 이쪽으로 넘어온다면 스케라를 활용한 최신 우주복을 지급할 계획입니다."

"그 갑옷… 신형 우주복을 입으면 레비그라스인도 이곳에서 장시간을 버틸 수 있습니까?"

"장시간이 아니라 영원히 버틸 수 있습니다."

남자는 장담했다.

스케라는 오비탈 차원에 존재하는 제3의 힘이다.

마치 레비그라스 차원의 마나처럼 저들은 이 힘을 사용해 자신들의 문명을 압도적으로 발전시켰다.

'그리고 저들의 신이자 신앙이지.'

레빈슨은 속으로 저들을 비웃었다.

하지만 겉으로는 내색할 수 없었다. 그는 천천히 자리에서 일어나며 말했다.

"앞으로 3, 4년만 더 지나면 강력한 전사들이 육성될 겁니다. 하지만 만약 그걸로 한계가 있다면 저는 주저하지 않고 이곳 오비탈로 건너오겠습니다."

• 71장 •
또 다른 힘의 근원

"레빈슨, 당신은 유일한 희망입니다."

차원경의 남자는 레빈슨을 올려다보며 말했다.

"하지만 우린 서로 다른 존재입니다. 그러니 모든 것을 믿고 맡길 수 없습니다. 당신이 완전한 '오비탈인'이 된다면 그때는 지구의 멸망을 위해 우리가 가진 모든 역량을 당신에게 맡길 용의가 있습니다."

"감사합니다."

레빈슨은 고개를 숙이며 감사를 표했다.

하지만 그것은 최후의 수단이다.

오비탈인은 끔찍했다.

그들의 모습은 레빈슨이 가지고 있는 '인간'의 개념을 아득히 뛰어넘고 있었다.

가능한 그렇게 되고 싶지는 않았다. 그는 온건한 자신의 육체를 가지고 신을 섬기고 싶었다.

하지만 신께서 내린 사명을 완수하기 위해서라면 결국 스스로의 몸을 희생하는 것도 주저하지 않을 각오였다.

남자는 돌아가는 레빈슨에게 경고하듯 말했다.

"그리고 다시 한 번 반복해서 말합니다. 레빈슨, 당신이 챙겨가는 그 알약은 강력한 항우울제입니다. 보이디아 차원에 노출된 인간에게 사용하기 위해 만들어진 약이라는 걸 염두에 두십시오. 일반인이 그것을 복용하면 극단적인 조울증과 같은 부작용이 발생합니다."

"네. 언제나 명심하고 있습니다."

"그리고 영생의 물약은 바로 그 보이디아 차원의 힘을 변형시켜 만든 노화 억제제입니다. 정량을 지키지 않으면 육체가 변형될 가능성이 극히 높습니다. 이점에 주의하시기 바랍니다."

이 또한 수십, 아니, 수백 번을 반복해서 들은 이야기다.

레빈슨은 고개를 끄덕이며 혹시나 하는 마음에 물었다.

"만약 변형체나 공허 합성체가 레비그라스에 나타나면… 녀석들을 해치울 특별한 무기가 있습니까?"

"있습니다."

남자는 한쪽 눈을 살짝 찌푸리며 말했다.

"하지만 변형체는 당신의 차원이 가진 힘으로도 충분히 제압할 수 있을 겁니다. 다만 공허 합성체는 어려울 수도 있겠군요."

"예를 들어, 상급 공허 합성체는 어떻습니까?"

"쉽지 않을 겁니다."

남자는 잠시 생각하다 설명했다.

"당신이 제공한 정보를 기준으로 볼 때, 적어도 '소드 마스터'급의 힘을 가진 자가 아닌 이상 제압이 쉽지 않을 겁니다."

"혹시 그럴 경우를 대비해서 무기를 제공해 주실 생각은 없습니까?"

"없습니다."

남자는 딱 잘라 말했다.

"어차피 우리가 보유한 무기는 '스케라'를 동력으로 사용합니다. 레비그라스 차원에는 스케라가 존재하지 않기 때문에 지급한다 해도 작동하지 않습니다."

"구식 병기는 없습니까? 이 우주복처럼 말입니다."

"있습니다. 하지만 한두 개로는 상급 공허 합성체를 상대하기 역부족입니다. 다루는 자의 역량도 중요합니다. 오비탈인이 아니면 쉽게 다루지 못할 겁니다."

"그래도 몇 개라도 제공해 주시지 않겠습니까?"

부탁한다고 해서 손해 볼 것은 없었다.

그러자 잠시 후, 테이블 위의 공간이 다시 열리며 단순한 형태의 물건들이 모습을 드러냈다.

"그럼 그것을 가져가십시오. 가장 단순한 것으로 골랐습니다. 하지만 육체 능력이 강한 자가 아니면 다루지 못할 겁니다."

"감사합니다."

레빈슨은 환하게 웃으며 테이블로 돌아갔다.

"물론 가급적 이걸 쓸 일이 없으면 좋겠군요. 그런데……."

문제는 남자가 제공한 무기의 무게였다. 레빈슨은 말 그대로 죽을힘을 다해야 겨우 그것들을 들어 올릴 수 있었다.

'뭐 이런 게 다 있지?'

레빈슨은 학을 떼며 몸을 돌렸다.

그리고 반대편 지면에 차원의 문을 만들었다. 남자가 경고한 5분은 아직 한참 남아 있었다.

기껏해야 3분 정도 지났을까?

하지만 오비탈 차원의 3분은 레비그라스 차원의 하루에 필적했다. 그는 온몸에 힘이 빠지는 걸 느끼며 차원의 문을 향해 몸을 던졌다.

* * *

"원래는 오우거를 잡으러 갈 생각이었어."

스텔라는 앞장서서 숲길을 걸으며 말했다.

"신성제국의 최북단에서 빙해(氷海)를 건너면 얼음 대륙이 나와. 정말 추운 곳이야. 어찌나 추운지 제국도 그냥 내버려 둘 정도로."

"오우거는 익숙한 몬스터지."

나는 고개를 끄덕이며 과거의 기억을 떠올렸다.

"그런데 비홀더에 비하면 약한 몬스터 아닌가? 등급은 일반적인 웜과 같은 '경고' 등급이었지. 잡아도 스텟이 별로 안 오르지 않을까?"

"웜보다는 강할 거야. 그리고 숫자가 많아. 백 마리쯤 잡으면 레벨이 오르지 않을까? 이제 와선 상관없는 이야기지만."

"그럼 지금은 뭘 잡으러 가는 건데?"

"이번에도 웜이야. 워터 웜 킹."

스텔라는 손에 쥔 소금 주머니를 바라보며 대답했다. 나는 열대우림을 연상시키는 숲을 둘러보며 물었다.

"물에 사는 웜의 왕인가? 그런 게 이런 숲속에 있어?"

"있어. 그리고 이번에도 잡는 건 꽤 쉬울 거야."

그녀는 워터 웜 킹을 불러내고 사냥하는 방법에 대해 설명했다. 나는 헛웃음을 지으며 대답했다.

"이건 완전 날로 먹는데? 비홀더보다도 더 쉽겠군."

"아마도."

"그런데 왜 여길 먼저 안 온 거지?"

"여긴 변경이 아니거든. 거대한 숲이긴 하지만 주변에 번화한 도시가 많아. 제국군의 요새나 초소도 많고. 괜히 사냥하면서 시끄럽게 굴다가 군대가 몰려오면 그게 더 위험하겠지?

그래서 1순위에 놓지 않았어."

하지만 제국의 성도인 류브에서 터진 난리로 인해, 대부분의 군대는 성도 근처로 이동한 상태다.

그래서 그녀는 사냥의 진로를 변경한 것이다.

쏴아아아아아아…….

어딘가에서 물소리가 들렸다. 나는 목소리를 약간 높이며 말했다.

"류브에 출몰한 몬스터의 덕을 많이 보는군. 그래도 레비의 대신전을 습격하기 전까지 퇴치되면 좋겠어."

"그러게. 근데 사냥하기 전에 마지막으로 주의할 게 있어."

그녀는 숲 사이로 난 오솔길을 따라 걸음을 옮겼다.

"이 숲 전체가 특별한 사람의 소유거든. 그 사람이 없길 바라지만, 있을 수도 있어."

"특별한 사람?"

"제국이 자랑하는 아크 위저드 자매 중에 동생."

그녀는 대수롭지 않게 말했다. 하지만 나는 깜짝 놀라며 되물었다.

"이시테르 말인가?"

"응. 하지만 성도에 난리가 났으니까, 지금쯤 그쪽에 가 있지 않을까?"

"이시테르 선생님이라니……."

나는 단 하루뿐인 사제 관계를 떠올렸다. 스텔라는 오솔길의 끝에 나타난 작은 오두막을 보며 말했다.

"당신은 그 이시테르에게 마법을 배웠다고 했지?"

"맞아. 단 하루였지만."

"그럼 있어도 상관없지 않을까? 대화로 잘 풀어봐. 당신 말솜씨 하나는 능구렁이 같으니까."

스텔라는 오두막을 향해 손을 뻗으며 미소를 지었다.

나는 쓴웃음을 지으며 고개를 저었다.

"아쉽지만 능구렁이를 꺼낼 필요는 없겠어."

"집에 없어?"

"집에만 없는 게 아니야. 이 숲 전체에 인간은 우리 둘뿐이야."

나는 맵온을 확인했다. 스텔라는 눈썹을 살짝 찌푸리며 왔던 길을 돌아갔다.

"그런 건 처음부터 알려주면 안 될까? 그럼 곧바로 에델가 폭포 쪽으로 갔을 텐데."

"당신이 미리 사냥 목표나 코스나 사냥법을 알려줬다면 나도 미리 알려주지 않았을까?"

"지금 내 잘못이라는 거야?"

"지금 그런 잘잘못을 따질 때가 아니잖아?"

나는 언성을 높였고, 스텔라는 불쾌한 표정을 지었다.

일촉즉발의 분위기.

하지만 모든 것이 농담이었다. 우린 서로 마주 보며 웃기 시작했다.

"후후… 이거 재밌네. 신선한 느낌이야. 평범한 지구인들은 이렇게 투닥대면서 연애를 하겠지?"

"아마도. 그런데 정말 시간을 손해 본 건 아닌가?"

"딱히 그렇지 않아. 여기서 조금만 더 걸으면 폭포야."

그렇게 20여 분을 더 걷자, 눈앞에 거대한 폭포가 모습을 드러냈다.

에델가 폭포.

레비그라스 차원 전체에서 가장 거대한 폭포라고 한다.

이미 한참 전부터 폭포 소리에 귀가 따가울 지경이었다. 나는 미리 챙겨 온 소금 가마니를 차원의 주머니로부터 하나씩 꺼내며 소리쳤다.

"저 물속에 워터 웜 킹이 있다는 거지!"

"웅! 해저에 몸을 감추고 있어!"

"그런데 제국 사람들은 왜 그놈을 가만 내버려 둔 거야? 혹시 이 녀석도 비홀더처럼 물을 정화해 줘?"

"그건 아니야! 콜록……."

폭포 소리가 너무 커서 소리를 치지 않으면 잘 안 들렸다. 스텔라는 내게 바짝 붙어 귓가에 입을 대며 말했다.

"이런 곳에 워터 웜 킹이 있다는 것 자체를 몰랐어. 강 하류에 워터 웜들이 나타나긴 했지만, 오히려 상류가 아니라 바다에서 거슬러 올라온다고 생각했거든."

"그런데 어떻게 알아낸 거야?"

"유일하게 아는 사람이 알려줬거든."

"혹시 이시테르?"

그녀는 고개를 끄덕였다. 나는 총 30가마니의 소금을 전부 꺼낸 다음 한숨을 내쉬었다.

"휴…… 필요한 곳이 있겠거니 해서 군말 없이 사긴 샀는데, 이렇게 수량이 많고 유속이 빠른데 효과가 있을까?"

"있을 거야. 웜은 생각보다 예민한 몬스터거든."

"그러고 보니 샌드 웜 킹을 잡을 때도 소금을 사용했지."

나는 몇 달 전의 기억을 떠올렸다. 그녀는 손에 쥐고 있던 작은 소금 주머니를 물속으로 던지며 말했다.

"샌드 웜 킹은 오히려 소금에 대한 내성이 강한 편이야. 워터 웜 킹은 그야말로 쥐약이고."

"하지만 워터 웜 킹과 싸운 기억이 없군. 이렇게 쉽게 제압할 수 있으면서 왜 지구로 보내지 않은 거지? 이 녀석도 새끼를 계속 낳아서 그러나?"

"그렇긴 한데… 그보다도 물 밖에선 금방 죽어버려서 보낼 필요를 못 느꼈을 거야."

생각해 보면 당연한 일이다.

수생 생물을 지구로 보내봤자 인간들이 살고 있는 지상에선 힘을 쓰지 못할 테니까.

"물론 운 좋게 바다에 빠진다면 지나다니는 배를 습격할 수도 있겠지만… 아, 그것도 안 되겠군. 소금에 약하다면 해수에서도 살 수 없겠지."

물론 지금 내겐 아무래도 상관없는 일이었다. 나는 본격적으로 소금 가마니를 물속으로 집어 던지기 시작했다.

그렇게 총 열세 가마니를 집어넣은 순간, 갑자기 땅이 울리기 시작했다.

쿠구구구구구구구구······.

그와 동시에 폭포 바로 아래의 수원지가 요동치며 폭발하듯 솟구쳤다.

푸확!

그것은 거대한 몬스터였다.

워터 웜 킹.

수면 위로 드러난 몸통의 길이만 20미터에 달하며, 생김새는 마치 부풀어 오른 장어처럼 생겼다.

녀석은 그 육중한 몸을 물 밖으로 꺼낸 다음, 근처의 물가에 후려치듯 몸을 내리쩍었다.

콰아아아앙!

마치 지진이라도 난 듯, 온 땅이 요동쳤다.

하지만 우리가 서 있는 곳과는 거리가 있었다. 나는 양손에 두 개의 소금 가마니를 집어 든 다음, 물가에서 경련을 일으키고 있는 녀석의 입가를 향해 달렸다.

그리고 가차 없이 입속에 소금 가마니를 던져 넣었다.

또 한 번.

그리고 또 한 번.

그다음은 새로운 소금 가마니를 찢은 다음, 녀석의 목덜미에 있는 아가미로 추정되는 구멍에 들이부었다.

내가 소금을 투입할 때마다 녀석의 경련은 점점 더 격렬해졌다.

그러다 순간, 마치 감전이라도 된 것처럼 몸을 떨었다.

그리고 침묵했다.

나는 그제야 워터 웜 킹의 몸을 스캐닝했다.

이름: 워터 웜 킹의 시체

종류: 특수 재료, 음식

특수 효과: 온몸의 각 부위가 마법 도구의 재료로 사용된다. 눈알과 혈액이 대표적이다.

이미 죽었다.

심지어 칼 한번 휘두를 필요도 없었다. 스텔라가 축적한 정보가 엄청나다는 건 익히 경험했지만, 이번 경우는 그중에서도 가장 효과적이면서 허무했다.

나는 스텔라를 돌아보며 소리쳤다.

"너무 간단히 잡아서 스텟을 안 높여주는 거 아냐?"

"나한테 묻지 말고 당신이 직접 확인해 봐!"

그래서 나는 스스로를 스캐닝했다.

이름: 레너드 조

레벨: 38

종족: 지구인, 초월자, 정령왕의 화신

기본 능력

근력: 590(398)

체력: 601(402)

내구력: 316(218)

정신력: 83(99)

항마력: 841(577)

특수 능력

오러: 433(547)

마력: 405(405)

신성: 0

저주: 27(27)

초월: 시공간의 축복, 스캐닝(최상급), 언어(최상급), 맵온(최상급), 감정(최상급)

오러: 오러 소드(중급), 오러 실드(중급), 오러 브레이크(중급), 컴팩트 볼(중급), 오러 윙(하급)

마법: 화염(총8종류), 바람(총7종류), 냉기(총5종류), 물(총4종

류), 대지(총4종류)

　정령 마법: 노바로스(총3종류)

　퀘스트1: 회귀의 반지를 파괴하라(최상급)

　퀘스트2: 신성제국을 무너뜨려라(최상급)

　퀘스트3: 레비교의 대신전을 파괴하라(상급)

　사냥 전에 내 오러는 539였다. 나는 스텔라에게 걸어가며 목청 높여 소리쳤다.

　"8이 올라갔어!"

　"괜찮네! 저번에 비홀더 잡았을 때는 13이었지?"

　나는 고개를 끄덕이며 웃었다.

　고작 소금 몇 번 퍼부은 것치고는 과한 보상이다.

　그래도 오러 스텟 550을 찍지 못했다는 건 아쉬웠다.

　물론 스텔라의 머릿속에는 여전히 잡을 수 있는 몬스터들의 종류와 공략법이 가득할 것이다.

　하지만 이젠 정말 시간이 부족했다.

　'이젠 정말 뱅가드로 돌아가야 한다. 그사이에 남은 3 스텟을 높일 방법이 없을까? 명상 수련은 이제 거의 통하지 않는데…….'

　그런데 그때, 아직 사라지지 않은 스텟창이 실시간으로 변하기 시작했다.

그것은 퀘스트 항목이었다.

퀘스트1: 회귀의 반지를 파괴하라(최상급)
퀘스트2: 신성제국을 무너뜨려라(최상급)
퀘스트3: 레비교의 대신전을 파괴하라(상급)
퀘스트4: 5대 정령왕 중 하나의 힘을 얻어라(상급)

새로운 퀘스트가 생겼다.
나는 눈을 깜빡이며 몇 번이나 확인했다.
'정령왕? 전에 해결한 퀘스트인데? 어째서 똑같은 퀘스트가 다시 생긴 거지?'
지금까지 퀘스트가 발생했던 패턴을 떠올리면 답은 의외로 간단했다.
또 다른 정령왕의 힘을 얻을 기회가 근처에 있는 것이다.
그와 동시에 어딘가에서 누군가의 목소리가 울렸다.
―대단하군요. 제 권속을 이렇게 쉽게 제압하다니.
"아니⋯⋯."
―제 목소리가 들린다는 건 알고 있습니다. 아니, 들리나요? 정령사를 만난 건 오랜만이라. 정말 들리는지 모르겠군요. 혹시 들리면 대답해 주시겠습니까?
그것은 투명한 듯한 여성의 목소리였다. 나는 마른침을 삼키며 대답했다.

"…들립니다."

"응? 뭐가 들려?"

스텔라가 물었다. 나는 손가락을 입에 대며 심각한 표정을
지어 보였다.

─좋아요. 역시 정령사였군요. 정령사의 기척은 너무 오랜만
이라 알아보지 못할 뻔했습니다. 그러니까 당신이, 바로 그 인
간이군요. 문주한…….

그녀는 이미 내 이름을 알고 있었다. 나는 다시 한 번 새로
생긴 퀘스트를 떠올리며 쏟아지는 폭포를 바라보았다.

"혹시 정령왕이십니까? 그러니까… 물의 정령왕?"

─맞아요. 만나서 반갑습니다. 그런데 감이 안 좋으니까 동
굴 안쪽으로 좀 들어와 주시겠습니까?

"동굴? 동굴이 어디 있습니까?"

─폭포 안쪽에 있습니다, 아, 수압이 강하니까 제가 잠시 멈
춰놓도록 하죠.

그 순간, 폭포가 멈췄다.

정확히는 폭포의 중심부 쪽에만 물의 흐름이 막혀 버렸다.

동시에 폭포 안쪽으로 커다란 동굴이 모습을 드러냈다. 나
는 멍한 표정의 스텔라를 돌아보며 정령왕에게 물었다.

"저 혼자 들어가야 합니까?"

─상관없어요. 친구분도 함께 오세요. 저는 노바로스와는
다릅니다.

뭐가 다르다는 건지는 모르지만, 아무튼 호의적인 건 마찬가지인 듯했다. 나는 스텔라의 허리를 가볍게 끌어안으며 작은 목소리로 말했다.

"저 동굴 안으로 들어가자."

"물의 정령왕과 이야기를 하고 있던 거야?"

나는 고개를 끄덕였다. 스텔라는 살짝 눈살을 찌푸리며 물었다.

"괜찮을까? 나는 정령왕에 대해 아무것도 몰라. 아무리 초대받았다 해도 위험하지 않을까?"

"아무래도 정령왕들은 내게 호의적인 것 같아. 퀘스트도 새로 떴고."

"퀘스트? 한동안은 새로 안 생겼다며?"

"방금 하나 추가로 생겼어. 정령왕의 힘을 얻어라."

"그렇다면……."

스텔라는 어쩔 수 없다는 듯 어깨를 으쓱였다. 나는 그녀를 품에 안은 채, 멀리 보이는 폭포 안쪽의 동굴을 향해 몸을 날렸다.

*   *   *

동굴 바닥은 미끈대며 축축했다.

원래 이 동굴도 물이 흐르는 공간인 것을, 물의 정령왕이 자신의 힘으로 멈춰놓은 듯했다.

스텔라는 손바닥 위에 작은 불꽃을 만들며 말했다.

"에델가 폭포는 수십 번이나 왔지만, 이런 곳에 동굴이 있는 건 처음 알았어. 그러고 보니 폭포 어딘가에 물의 정령왕이 산다는 소문이 있었는데……."

"제국군은 정령왕에 관심이 없었나?"

"그보다는 정령사가 없었다고 해야겠지. 최상급 언어의 각인이 없으면 대화 자체가 안 될 테니까. 하지만 좀 무서워. 여긴 내가 전혀 모르는 곳이야……."

스텔라는 위축되어 있었다. 나는 처음 보는 그녀의 모습에 신선함을 느끼며 말했다.

"걱정하지 마. 그 불의 정령왕조차도 호의적이었으니까. 약간 걱정되는 건 있지만."

"뭔데?"

"워터 웜 킹을 자신의 권속이라고 했어. 그렇게 따지면 나는 권속을 죽인 원수가 되는 셈인데……."

그 순간, 동굴의 안쪽에서 목소리가 들렸다.

—맞아요. 당신은 제 원수입니다.

나는 순간 경직되며 걸음을 멈췄다.

—그러니까 당신은 제 부탁을 들어줄 의무가 있습니다. 잃는 게 있으면 얻는 게 있고, 주는 게 있으면 받는 게 있어야죠. 그렇지 않나요?

아무래도 생각만큼 녹록치는 않을 것 같다. 나는 불의 정령왕의 요구로 마력을 400까지 높였던 기억을 떠올리며 몸서리쳤다.

'이젠 그런 식으로 마력을 높일 시간도 없는데······.'

─당신이 마력을 높이는 건 당신에게 좋은 일입니다. 제게 좋은 일이 아니에요. 그런 게 아니니까 빨리 안쪽으로 오시지 않겠습니까?

정령왕은 내 마음을 읽으며 재촉했다. 나는 입에 고인 침을 삼키며 다시 앞으로 걸어가기 시작했다.

그렇게 한참 들어가자, 동굴이 끝나며 넓은 공간이 나타났다.

그곳은 호수였다.

빛 한 줄기 없는 캄캄한 동굴 속에 끝없는 호수가 펼쳐져 있었다.

스텔라는 손에 띄운 불꽃을 호수 저편으로 집어 던지며 혀를 찼다.

"진짜 넓네. 어디가 끝인지 보이지도 않아."

그 순간, 날아가던 불꽃이 휙 소리를 내며 꺼졌다.

대신 호수 전체가 빛을 발하며 떠오르기 시작했다.

그것은 장관이었다. 나는 떠오른 호수 물이 화려하게 소용돌이치는 걸 보며 감탄했다.

그 소용돌이 안쪽에 물로 만들어진 여자가 모습을 드러냈다.

─인간이 여기까지 온 건 천 년 만의 일입니다. 인간, 아니,

지성체라고 해야겠군요.

그녀는 우리가 서 있는 곳으로 천천히 다가오며 말했다.

―저는 노바로스와는 다르니까요. 그녀처럼 특정 종족에게 마음을 주지 않았습니다.

그녀는 불의 정령왕을 언급했다. 나는 불의 정령왕과의 대화를 떠올리며 물었다.

"노바로스라면 엘프 말씀입니까?"

―네. 노바로스는 엘프들에게 도움을 주었죠. 하지만 저는 외부와 접촉하지 않았습니다. 저는 그들이 싫었으니까요.

"그들이라니… 인간 말입니까? 아니면 엘프?"

―초월체 말입니다.

그녀는 당당하게 말했다.

―제가 인간이나 엘프를 싫어할 이유는 없습니다. 하지만 초월체는… 그들은 원래 이 땅의 존재가 아닙니다. 어느 순간 외부에서 찾아와, 이 땅을 자신들의 것으로 삼아버렸죠.

"아……."

―그러고 보니 소개가 늦었군요. 저는 물의 정령왕, 아쿠렘이라고 합니다.

그녀는 우아한 자세로 몸을 구부리며 인사를 건넸다. 나는 곧바로 허리를 숙이며 답례했다.

"저야말로 먼저 인사드리지 못해서 죄송합니다. 만나 뵙게 되어 영광입니다, 정령왕이시여."

그러자 옆에 서 있던 스텔라도 허리를 굽혔다. 아쿠렘은 입가에 미소를 지으며 스텔라를 바라보았다.

—그러고 보니 친구분은 제 목소리를 듣지 못하겠군요. 좀심심하겠네요. 오래 걸리지 않을 테니 잠시만 기다려 달라고 말해주세요.

"신경 써주셔서 감사합니다. 스텔라? 정령왕께서 오래 걸리지 않을 테니 잠시만 기다려 달라고 하셨어."

"저야말로 신경 쓰지 않으셔도 됩니다."

스텔라는 즉시 고개를 저었다.

"비록 정령사가 아니라 목소리를 듣지 못하지만, 그래도 제 목소리는 들으실 수 있겠죠?"

—네, 들립니다.

정령왕은 고개를 끄덕였다.

사실 정령의 목소리를 듣지 못한다 해도, 대화 자체는 이런식의 제스처를 통해 얼마든지 가능할 것 같다.

정령왕은 다시 내 쪽을 바라보며 말했다.

—노바로스는 초월체에 부정적이지 않았습니다. 그래서 그들과의 거래에도 응했죠.

"어떤 거래 말입니까?"

—퀘스트 말입니다.

정령왕은 쓴웃음을 지었다.

—초월체에게 퀘스트를 부여받은 인간들이 그녀를 찾아갔

죠. 그녀는 자신의 기분에 따라 그들에게 힘을 내렸습니다. 당신도 바로 그런 경우라 할 수 있겠죠.

"네, 그렇습니다."

─하지만 저는 인간들의 접근을 원천 봉쇄 했습니다. 제가 허락하지 않는 이상, 그 누구도 이 동굴 속으로 들어올 수 없으니까요. 하지만 지금은 상황이 달라졌습니다.

정령왕은 투명한 눈으로 날 바라보며 말했다.

─세계는 지금 균형이 깨지고 있습니다. 초월체들 간의 균형도 깨지고 있고, 차원의 균형도 깨지고 있습니다. 정확히 어떤 일이 벌어지고 있는 제가 따로 설명할 필요는 없겠죠?

"초월체의 균형이라면… 성물이 파괴되는 걸 말하시는 겁니까?"

─성물은 초월체 그 자체입니다.

정령왕은 고개를 끄덕였다.

─초월체는 레비와 다른 다섯이 대립하며 균형을 맞추고 있었습니다. 이미 하나가 사라졌으니 레비의 힘은 더욱 강해질 겁니다.

"레비의 힘이 더 강해지면 어떻게 됩니까?"

─그가 선택한 인간들에게 더 강한 힘이 돌아갑니다. 그 역시 '퀘스트'란 형태가 되겠지만요.

정령왕은 손가락을 들어 내 가슴팍을 가리켰다.

─초월체들은 이 세상의 모든 섭리를 다시 짜 맞췄습니다.

저는 그것을 인정하기 싫었지만, 이제는 더 큰 악에 맞서기 위해 스스로의 고집을 굽히려 합니다.

"그렇다면……."

─문주한, 정령의 소리를 들을 수 있는 지구의 인간이여. 지금부터 저는 당신에게 한 가지의 부탁을 하려 합니다. 당신이 그 부탁을 들어준다 약속하면 저는 당신에게 제 힘을 부여해 드리겠습니다.

아쿠렘의 손가락 앞에 물방울 모양의 투명한 문양이 맺히기 시작했다. 나는 일이 너무 빠르게 진행되는 것을 느끼며 입술을 깨물었다.

"…잠시만 기다려 주십시오. 일단 그 부탁이 무엇인지부터 말씀해 주시면 안 되겠습니까?"

─안 됩니다.

"네?"

─그것이 제 조건입니다. 당신은 제 부탁을 들어줄지, 말지를 먼저 결정하셔야 합니다.

"그것이 어떤 부탁인지 모르는 채로 말입니까?"

─네. 그럼 저는 곧바로 당신에게 제 힘을 부여해 드리겠습니다.

그녀는 그렇게 말하고는 입을 다물었다.

나는 골치가 아파오는 것을 느끼며 머리를 굴렸다.

'왜 부탁의 내용을 먼저 말하지 않지? 해결하기 너무 힘든

부탁이기 때문인가? 그런데 승낙하면 곧바로 힘을 준다고? 일단 힘을 얻으면 퀘스트는 해결되는 것 아닌가?'

사실 퀘스트를 해결하는 것 자체는 전혀 급한 일이 아니었다.

어차피 더 이상 높일 각인 능력도 없다. 그렇기에 지금 당장 해결할 수 있는 퀘스트가 있는데도, 그것을 굳이 실행하지 않고 있는 것이다.

퀘스트1: 회귀의 반지를 파괴하라(최상급)

'회귀의 반지는 내가 가진 차원의 주머니 속에 들어 있다. 마음만 먹으면 당장 해결할 수 있어. 심지어 최상급 퀘스트니까 각인이 아니라 스텟을 높여도 팍 올라가겠지.'

하지만 반지를 파괴한 순간, 레비그라스에 퍼진 또 하나의 각인 능력이 영원히 사라진다.

그리고 내게 퀘스트를 주는 초월체 역시 사라지기 때문에, 그만큼 퀘스트의 생성 속도가 더욱 늦춰질 것이다.

'물론 내가 가진 각인 능력은 최상급이라 사라지지 않겠지만… 어쨌든 퀘스트의 해결 자체는 급한 일이 아니다. 그보다도 당장은 물의 정령왕이 가진 힘 자체가 더 유용하겠지.'

나는 마른침을 삼키며 물의 정령왕, 아쿠렘을 바라보았다.

일단 불의 정령왕인 노바로스의 힘은 더할 나위 없이 유용했다.

그게 없었더라면 지금까지의 아슬아슬했던 모든 전투는 극복하지 못했을 것이다.

나는 조심스럽게 질문했다.

"정령왕이시어. 부탁의 내용은 알려주실 수 없다 해도, 당신이 내리는 힘이 어떤 것인지는 미리 알려주실 수 있습니까?"

─없습니다.

"아……."

─얻은 다음에 직접 확인하시길 바랍니다. 어차피 얻지 못한다면 그게 무슨 힘인지 알아도 소용이 없을 테니까요.

그것은 교묘한 화법이었다. 나는 입술을 깨물며 마지막으로 고민했다.

'사실 확인할 필요는 없다. 어쨌든 유용할 테니까. 중요한 건 부탁의 내용인데… 사실 부탁을 받는 것과 그것을 실제로 행하는 것은 전혀 다른 문제 아닌가?'

말로 힘을 받은 다음, 부탁을 해결하지 않으면 그만인 것이다.

하지만 아쿠렘은 지금 내가 하는 모든 생각을 읽고 있다.

'그런데도 별다른 반응을 보이지 않는다는 건… 실제로 그래도 상관없거나, 혹은 절대로 부탁을 들어줄 수밖에 없게끔 미리 장치를 해놓겠다는 거겠지.'

─당신은 정말 생각의 전환이 빠르고 풍부하군요.

아쿠렘은 웃으며 고개를 끄덕였다.

—그동안 에델가 폭포를 찾아온 많은 인간의 마음을 읽었습니다. 하지만 당신 같은 인간은 처음입니다. 문주한, 당신은 정신력이 정말 강하군요.

"…감사합니다."

—너무 강하고 빨라서 제가 모든 생각을 이해할 수 없을 정도입니다. 하지만 정신력이 높다고 해서 항상 옳은 판단을 하는 것은 아니겠죠. 그 점을 염두에 뒀으면 좋겠네요.

"물론입니다."

나는 심호흡을 하며 고개를 끄덕였다.

"중요한 건 판단의 옳고 그름이 아닙니다. 저는 신이 아니니까요. 단지 제가 내린 판단에 책임을 질 수 있다면 그걸로 충분합니다."

—네, 바로 그겁니다.

정령왕은 고개를 끄덕이며 말했다.

—그럼 선택해 주세요. 당신이 책임질 수 있는 선택을.

"부탁을 받겠습니다."

나는 즉시 대답했다.

"아쿠렘, 당신이 내리는 부탁을 성실하게 수행하겠습니다. 그러니 제게 당신의 힘을 내려주십시오."

—알겠습니다.

아쿠렘은 양팔을 펼치며 우아한 자세로 답했다.

그 순간, 나는 왼쪽 손등에 서늘한 기운을 느꼈다.

"이것은……."

—그건 제 문장입니다.

아쿠렘은 내민 손가락을 거두며 말했다.

—그것이야말로 물의 정령왕의 증표입니다. 이미 세상엔 잊혔지만… 수천, 아니, 수만 년 전의 고대인들에겐 그 무엇보다 영광스럽고 성스러운 표식이었죠.

왼쪽 손등에는 청색의 물방울 모양의 문양이 새겨져 있었다. 나는 불꽃의 문양이 새겨진 오른 손등과 맞대어 비교하며 쓴웃음을 지었다.

• 72장 •
물의 정령왕의 힘

"불과 물이라. 자체로는 상극이군요."

─네. 개인적으로도 저와 노바로스는 사이가 좋지 않습니다. 상황이 특별하지 않았다면 결코 같은 인간을 화신(化身)으로 삼지는 않았을 겁니다.

아쿠렘은 등줄기가 서늘해지는 미소를 지었다.

─그런 의미에서 미리 경고합니다. 당신이 제 부탁을 어길 경우, 저는 당신의 몸에 깃든 제 힘을 폭주시켜 노바로스의 힘과 충돌을 일으킬 겁니다.

"…그러면 어떻게 됩니까?"

─죽습니다. 그것도 인간이 도저히 감당할 수 없는 끔찍한

고통을 느끼며 말입니다.

　그것이 물의 정령왕이 내게 심은 담보였다.

　물론 나는 처음부터 리스크를 감수할 계획이었고, 확실한 대책도 가지고 있었다.

　나는 심호흡을 하며 고개를 끄덕였다.

　"명심하겠습니다, 아쿠렘."

　―그런데 궁금하군요. 만약 제가 도저히 실행할 수 없는 부탁을 드리면 어떻게 할 생각이었습니까? 예를 들어…….

　정령왕은 스텔라를 향해 시선을 옮기며 말했다.

　―당신의 손으로 저 친구분을 죽여라, 라고 한다면요? 그런 부탁도 들어주실 생각이었습니까?

　"그럴 리가요."

　나는 쓴웃음을 지으며 고개를 저었다.

　"그런 부탁을 들어드릴 수는 없습니다. 그런데 설마… 정말 그게 부탁하실 내용은 아니겠죠?"

　―물론 아닙니다.

　아쿠렘은 넓은 지하 동굴의 천장을 올려다보며 말했다.

　―문주한, 당신의 힘으로 오비탈 차원의 힘이 레비그라스 차원으로 넘어오는 것을 막아주시길 바랍니다.

　"네?"

　나는 이해할 수 없다는 표정을 지었다.

　표정만 아니라 실제로 이해할 수 없었다. 아쿠렘은 내 쪽으로 좀 더 다가오며 말했다.

—저는 이 세계를 레비그라스라 부르는 걸 좋아하지 않습니다. 하지만 저 혼자 싫어한다고 세상이 원래대로 돌아갈 일은 없겠죠.

"그보다는 방금 말씀하신 것 중에 레비그라스 말고 다른 차원을 설명해 주시면 좋겠습니다만?"

—당신이 '초과학 차원'이라고 알고 있는 차원이, 바로 오비탈이라 불리는 차원입니다.

나는 그제야 눈앞이 확 트이는 걸 느꼈다.

—지구는 괜찮습니다. 지구의 힘이 레비그라스로 넘어오거나, 반대로 레비그라스의 힘이 지구로 넘어가는 건 제게 불쾌감을 주지 않습니다. 하지만 오비탈은 그건 안 됩니다.

아쿠렘은 소름이 돋는 것처럼 몸을 떨었다.

—그것은 제가 용납할 수 있는 힘이 아닙니다. 분명 다른 정령왕도 마찬가지겠죠. 마나가 아닌, 완전히 다른 새로운 힘의 원천이 넘어오는 거니까요.

완전히 다른 힘이라면 과학기술을 말하는 걸까?

나는 가볍게 헛기침을 하며 물었다.

"그럼 이미 초과학 차원… 그러니까 그 오비탈 차원의 힘이 이쪽으로 넘어온 겁니까?"

그러자 스텔라가 움찔하며 몸을 떨었다. 아쿠렘은 마치 생각에 잠긴 듯, 투명한 눈을 감으며 한동안 침묵했다.

―네. 이미 넘어왔습니다.

"사이보그로 개조당한 귀환자입니까? 아니면 로봇 군단? 아니면 설마 로봇형 요새까지……."

―당신이 생각하는 형태는 아닙니다.

아쿠렘은 고개를 저었다.

―정확히는 '아직' 아니라고 해야겠죠. 어쨌든 힘의 교환은 천천히, 하지만 확실하게 시작되고 있습니다.

"벌써 초과학 차원의 귀환자가 넘어온 거야?"

스텔라가 작은 목소리로 끼어들었다. 나는 모르겠다는 얼굴로 고개를 저었다.

정령왕은 다시 한 번 강조했다.

―그러니 문주한, 당신은 그것을 막아야 합니다.

"처음부터 막을 생각이었습니다. 하지만 어떻게 해야 막을 수 있습니까?"

나는 양어깨를 으쓱였다.

"넘어온 것들을 파괴하란 말입니까? 아니면 제가 직접 그쪽 차원으로 넘어가서 일의 원흉을 제거해야 한다는 겁니까?"

정령왕은 고개를 저었다.

―저도 모르겠습니다.

"네?"

―다른 차원으로 넘어가서 그곳을 평정하세요… 말로는 쉽습니다. 하지만 그런 부탁은 드릴 수 없습니다. 왜냐하면 저

역시 오비탈 차원이라 불리는 곳이 어떻게 되어 있는지 모르기 때문입니다.

"그러면……."

─당신은 그저 최선을 다해주시면 됩니다.

정령왕은 그제야 감았던 눈을 뜨며 날 바라보았다.

─당신이 당신의 지구를 지키려 하는 것처럼, 이 레비그라스가 다른 차원의 힘에 잠식당하는 것을 막아주세요. 최선을 다해서. 자신의 고향처럼 챙겨주시기 바랍니다.

그것은 너무도 추상적인 개념이었다.

하지만 내 마음을 읽는 정령왕의 마음에서 나는 한 가지 공통된 감정을 느낄 수 있었다.

두려움.

그녀는 내 마음을 통해, 내가 전생에 지구를 잃었던 감정을 공유하고 있었다.

그 탓에 자신의 고향인 레비그라스가 같은 꼴이 되는 것을 상상하고, 두려움을 느끼기 시작했다.

그래서 그녀의 추상적인 부탁을 이해할 수 있었다. 나는 고개를 끄덕이며 그녀에게 약속했다.

"전력을 다해 막겠습니다. 약속드립니다."

─그럼 됐습니다.

그녀는 착잡한 표정과 함께 미소를 지었다.

─그거면 충분합니다. 제 권속을, 제 앞마당에서 잔인하게

죽인 것은 이걸로 용서해 드리겠습니다.

"죄송합니다. 설마 워터 웜 킹을 당신이 직접 만들었을 줄은 몰랐습니다."

나는 고개를 숙이며 사과했다.

"그런데 저는 다른 웜도 죽였는데… 샌드 웜 킹이나 플라이 웜 킹 말입니다. 혹시 그것도 당신과 관련 있습니까? 아니면 다른 정령왕이라던가?"

─없습니다.

그녀는 고개를 저으며 웃었다.

─권속이라 해서 제가 만든 건 아닙니다. 단지 아주 오래전, 인간들을 괴롭히던 몬스터 중에 일부를 제가 끌어들여 날뛰지 못하도록 억누른 것뿐입니다.

"아… 그렇군요."

─이제는 모두 의미 없는 짓이 되었지만요. 아, 그러고 보니 하나 더 있었군요. 제가 직접 억누르고 있던 권속이.

그녀는 마치 깜빡 잊었다는 듯 손뼉을 쳤다.

푸확!

동시에 잔잔하던 수면이 요동치며, 무언가 거대한 것이 위쪽으로 올라오기 시작했다.

"뭐야? 뭔가 올라오고 있는데?"

스텔라가 당황하며 뒷걸음쳤다. 나는 그녀의 앞을 몸으로 가로막으며 소리쳤다.

"아쿠렘, 저건 뭡니까!"

─모든 웜의 어머니입니다.

물의 정령왕은 고요한 얼굴로 대답했다.

─아주 오래전에 제가 이곳으로 유인해서 제압해 놓았습니다. 레비그라스 전체를 웜의 세상으로 가득 채울 것 같아서 말이죠.

"네? 아니, 그런데 왜 지금 그걸……"

나는 허리에 찬 칼을 움켜쥐었다. 아쿠렘은 손바닥을 내밀며 고개를 저었다.

─걱정할 필요는 없습니다, 정령사여. 이건 힘든 길을 떠나는 당신에게 드리는 제 선물이니까요.

"선물?"

─레비그라스에 사는 모든 인간은 몬스터를 사냥함으로써 강해지죠. 그러니 이것을 잡고, 당신의 힘을 더 강하게 만드시기 바랍니다.

그것은 지금까지 내가 본 모든 '군주'급 웜들 중에 가장 거대한 사이즈였다.

나는 반사적으로 고인 침을 삼키며 물었다.

"하지만… 이것도 결국 당신의 권속 아닙니까? 아무리 세상에 해를 끼치지 않기 위해 잡아놓은 거라 해도 말입니다."

─물론입니다.

정령왕은 웃으며 고개를 끄덕였다.

—하지만 아무리 권속이 귀해도, 제가 직접 힘을 내린 화신 만큼 귀할까요?

　"아……."

　—당신은 이미 제 자식이나 다름없습니다. 그러니 제가 이 몬스터의 힘을 억누르는 동안 빠르게 숨을 끊어주세요.

　말하자면 굴러 들어온 떡이었다.

　나는 주저 없이 칼을 뽑아 들며 고개를 들어 수면 위의 몬스터를 스캐닝했다.

　이름: 퀸 웜

　종족: 웜, 군주

　레벨: 57

　특징: 레비그라스에 나타난 최초의 웜. 세상을 꽉 채울 정도의 빠른 속도로 종족을 늘려 나갔다. 물의 정령왕, 아쿠렘에 의해 제압되어 물의 동굴에 봉인 중

　근력: 914(914)

　체력: 977(977)

　내구력: 1,319(1,319)

　정신력: 0(62)

　항마력: 1,100(1,100)

특수 능력

오러: 0

마력: 0

신성: 0

저주: 1,118(1,118)

고유 스킬: 산성 체액(상급), 애시드 브레스(상급), 군주의 포효(상급), 다산의 폭풍

마법 효과: 정신 제압(최상급)

기본 스텟 자체는 전에 사냥한 드래곤보다도 더 강하다.

심지어 드래곤 때와는 달리, 스텟 자체가 최대치까지 꽉 차 있었다.

다만 정신력은 제로였다. 아마도 물의 정령왕에게 정신적으로 제압당한 후유증일 것이다.

나는 오러를 발동시키며 정령왕에게 물었다.

"내구력이 엄청난 몬스터군요. 그냥 지금부터 때려잡으면 됩니까?"

정령왕은 말없이 고개를 끄덕였다. 나는 심호흡을 하며 퀸 웜의 거대한 몸을 살폈다.

'이거… 칼날이 박히기는 하려나?'

*　　　　*　　　　*

퀸 웜은 극단적으로 견고한 피부를 가지고 있었다.

그렇다고 다이아몬드처럼 단단한 건 아니었다. 나는 먼저 심장이 있는 위치를 확인한 다음, 채굴하듯 껍질을 뚫으며 안쪽으로 점점 파고들어 갔다.

그다음으로 심장에 작은 구멍을 뚫고 피를 뽑아내기 시작했다.

단순한 과정이었지만 그것만으로도 30분이 넘는 시간이 필요했다.

물론 정령검의 힘이나 노바로스의 힘을 쓴다면 훨씬 빨리 끝낼 수 있었을 것이다.

하지만 이미 잡아놓은 사냥감의 숨을 끊는 데 필요 이상의 힘을 소모하고 싶진 않았다.

그렇게 모든 것이 끝난 순간, 물의 동굴에 있는 거대한 호수는 새빨갛게 물들어 있었다.

피에 물든 붉은 호수.

그것은 마치 지옥에서나 볼 법한 풍경이었다. 나는 공짜로 얻은 오러 스텟과 레벨 업에 취해 잠시 비틀거리다 말했다.

"이건 너무… 끔찍하군요. 죄송합니다, 아쿠렘. 당신의 거처를 엉망으로 만들어 버렸습니다."

─상관없어요.

물의 정령왕은 고개를 저었다.

―더럽혀진 건 치우면 그만입니다. 일단 대청소를 한번 해야겠네요. 문주한, 혹시 모르니 친구분을 꽉 안아주시겠어요?

"네?"

나는 당황했다. 정령왕은 내 생각을 읽고는 천천히 웃기 시작했다.

―호호, 호호호… 그런 의미가 아닙니다. 다칠지도 모르니 보호하라는 말입니다.

"아……."

나는 곧바로 스텔라의 몸을 껴안았다. 스텔라는 영문을 모르겠다는 얼굴로 말했다.

"왜 그래? 피에 물든 호수가 그렇게 끔찍해? 눈 뜨고 못 봐줄 정도로?"

"그게 아니야. 날 꽉 잡아. 그리고 숨을 크게 들이마시고 숨을 멈춰."

"응?"

바로 그 순간, 호수 전체가 솟구쳐 올랐다.

푸화아아아아아아아악!

동시에 동굴과 이어진 통로를 향해 엄청난 기세로 뿜어지기 시작했다.

물 자체가 폭발적으로 불어났다.

이미 동굴 전체가 물로 꽉 찬 상태라 피하는 건 불가능했다. 나는 그대로 급류에 휘말린 채 통로 밖으로 '배출'되기 시작했다.

마치 물을 내린 변기처럼……

*   *   *

잠시 후, 우린 동굴 밖으로 뿜어지며 아래쪽의 강으로 추락했다.

푸확!

동시에 멈춰 있던 폭포가 다시금 엄청난 기세로 쏟아졌다.

콰과과과과과과과과……

폭포의 굉음에 귀가 따가울 지경이었다.

스텔라와 나는 강 위로 얼굴만 내민 채, 주변에 떠내려 오는 퀸 웜의 조각난 시체를 멍하니 바라보았다.

*   *   *

"이것이 신성제국의 성도, 류브에 나타난 몬스터의 몽타주입니다."

비서실장인 마리아 코바레스는 박 소위를 향해 **빳빳한** 종이 한 장을 내밀었다.

"거기에 방금 들어온 **따끈따끈한** 정보도 있어요. 제국은 제국령 각지에 배치한 지방군과 경비대를 모조리 류브로 소환했다고 합니다. 표면적으로는 몬스터의 퇴치를 위해서라지만, 실제로는 혼란에 빠진 성도의 치안 유지를 위해서인 것 같습니다."

"그건 어쩔 수 없겠지. 상대가 재앙 등급의 몬스터라면 일반 병사 수만 명을 모아도 쓸데없을 테니까."

박 소위는 종이에 그려진 새카만 형태의 그림을 보며 눈살을 찌푸렸다.

"얼핏 보면 우주 괴수 같은데… 정확히는 모르겠군. 형태가 약간 다른 것 같기도 하고."

"정보에 따르면 최초의 발생지는 황자인 루도카의 장례식장 주변인 것 같습니다. 현지 상황이 워낙 혼란스러운지라, 자세한 사건의 경과까지는 아직 알 수 없네요."

마리아는 한쪽 어깨를 으쓱였다. 박 소위는 종이를 테이블에 내려놓으며 한숨을 내쉬었다.

"설마 루도카 황자가 다시 부활한 건가?"

"그럴 수도 있겠죠. 소문은 무성한 모양입니다."

"준장님의 말씀으로는 확실히 처리했다고 했는데… 우주 괴수는 우리가 모르는 어떤 부활의 메커니즘을 가지고 있는지도 모르겠군."

"덕분에 제국령에 잠입한 두 분의 활동도 좀 더 수월해지겠네요. 앞으로 사흘 후면 출발인데 그때까지는 돌아오시겠죠?"

"그래야겠지."

박 소위는 마리아가 내민 새로운 서류를 받아 들며 검토하기 시작했다.

"이미 준비는 다 끝났으니까. 하지만 준장님이 없으면 아무 의미 없는 계획이다. 그보다도 코바레스."

"네, 회장님."

"전에 부탁한 건 어떻게 됐지? 뱅가드로 돌아온 지구인들을 안티카 왕국의 국민으로 받아들이는 협상 말이야."

"안티카 정부와는 사전 협의가 전부 끝났습니다. 지구인분들이 뱅가드에 들어오는 즉시, 그분들 모두가 안티카의 국민이자 뱅가드의 시민으로 보호받게 됩니다."

"지구인들이 묵을 숙소는?"

"호텔들을 이미 섭외해 놓았습니다. 내곽 도시에 있던 최고급 호텔은 아니지만요, 그래도 당분간은 쾌적하게 지내실 수 있을 겁니다. 그보다는 재활이 문제겠죠."

"재활?"

"지구인분들은 근 2년 동안 세뇌당한 채로 지독한 강제 훈련을 받고 계셨죠? 육체적인 건 몰라도, 최소한 정신적인 손실은 심각하지 않을까요?"

"맞아. 다들 정신적으로 피폐해져 있겠지."

박 소위는 고개를 끄덕이며 스텔라의 퀭한 얼굴을 떠올렸다. 물론 지금의 스텔라가 아닌, 회귀 전의 나이가 많던 스텔라의 모습이었다.

"…뱅가드의 텔레포트 게이트나 수송로의 복구 작업을 서둘러야겠군. 그래야 고급 식재료나 의복을 빠르게 공급할 수 있을 테니까."

"지구식 음식이나, 지구식 의복 말씀이죠?"

"그래. 그런 거라도 있어야 조금이라도 향수병을 막을 수 있겠지."

박 소위는 차분한 얼굴로 고개를 끄덕였다.

크로니클은 이미 요식업과 의류 사업에도 손을 뻗으려 하고 있었다.

당장은 신성제국과의 전쟁으로 사업 확장을 중단한 상태지만, 혼란이 수습되면 곧바로 자유 진영 전체에 새로운 바람을 일으킬 만반의 준비를 마친 상태였다.

"레비그라스인들의 지구에 대한 관심과 동경은 이미 최고조에 달해 있다. 이런 상황에 갑자기 지구식 의복이 공급되기 시작하면 날개 달린 듯 팔려 나갈 테지."

"그전에 광고를 좀 하는 게 어떨까요?"

"광고?"

"네. 구해낸 지구인분들에게 지구식으로 옷을 입혀서 자유 진영 각지에 대사(大使)로 파견하는 거죠. 다들 눈이 확 돌아가지 않을까요?"

"흠, 먼저 눈도장을 찍어놓은 건가?"

"먼저 상류층에 유행이 돌기 시작하겠죠. 그다음에 시장에 풀면 엄청난 속도로 자유 진영 전체에 퍼질 겁니다."

"좋아. 그 의견을 채택하지."

박 소위는 앉은 자리에서 사업 계획을 변경했다.

"그럼 필요한 서류 작업이나 교육 문제를 미리 준비해 놓도록. 지구인들을 아무것도 모르는 상태로 보낼 수는 없으니까, 최소한 6개월 정도는 정신적인 재활과 함께 레비그라스에 대한 전반적인 교육을 진행해야겠지."

"네. 알겠습니다. 그럼 사업 계획서를 수정한 다음 저녁에 다시 보고하러 돌아오겠습니다."

마리아는 고개를 끄덕이며 집무실을 나갔다. 박 소위는 한숨을 돌리며 창밖의 풍경을 바라보았다.

"지구인이라… 나도 지구인이긴 한데 말이지."

뱅가드의 거리는 여전히 복구가 진행 중이었다. 그는 자리에서 일어난 다음, 벽에 걸어놓은 대형 차원경을 향해 걸어갔다.

'하지만 내 육체는 레비그라스의 것이다. 레비그라스인은 결코 지구로 갈 수 없어.'

그게 가능했다면 애당초 귀환자들이 레비그라스의 군대와 함께 지구를 침략했을 것이다.

아니면 처음부터 귀환자를 만들지 않았거나.

"후우……"

박 소위는 한숨을 내쉬며 차원경의 화면에 손가락을 댔다.

팟!

곧바로 화면이 밝아지며 찬란한 도시의 야경이 떠오르기 시작했다.

크로니클의 차원경 전문 팀의 분석에 따르면 이곳은 싱가포르의 중심 구역이라고 한다.

"싱가포르라니… 하, 전생에도 가본 적 없는 나라인데 말이야."

박 소위는 혼잣말을 하며 웃었다.

그가 기억하는 지구는 이미 귀환자들과의 전쟁에 휘말린 이후의 피폐해진 지구였다.

하지만 지금의 지구는 아직 평화로운 번영을 누리고 있었다. 박 소위는 자신도 모르게 손을 뻗어 화면을 쓰다듬기 시작했다.

팟!

그 탓에 차원경이 꺼졌다. 박 소위는 반사적으로 손을 떼며 천천히 고개를 저었다.

어차피 영원히 갈 수 없는 곳이라면 포기한다.

대신 이곳을, 이 나라를 그곳처럼 바꾸면 된다.

그것이 크로니클의 회장인 글라시스의 몸으로 전생한 순간 박 소위의 머릿속에 떠오른 첫 번째 목표였다.

주한이나 규호에겐 미안한 말이지만, 미래의 지구를 구하는 것보다, 이 레비그라스를 지구처럼 바꾸는 일을 먼저 떠올렸다.

물론 그 둘은 결과적으로 같은 목표였다.

레비그라스를 지구처럼 바꾸기 위해서는 먼저 레비그라스 전체를 레비교의 수도원으로 바꾸려는 신성제국을 무너뜨려야 한다.

그리고 신성제국을 무너뜨린 순간, 당연히 미래의 지구는 구원받는다.

정확히는 강제로 소환된 지구인들만 해방시켜도 된다. 박 소위는 꺼진 차원경을 다시 작동시키며 낮은 목소리로 중얼거렸다.

"그걸로 레비그라스 차원의 귀환자는 완벽하게 차단할 수 있다. 하지만 초과학 차원은 어떻게 하지? 그리고 우주 괴수들은? 결국 누군가 다시 지구로 돌아가서 그들을 막거나, 사전에 위험을 경고해야 하는 게 아닐까?"

자신은 그 역할을 할 수 없다.

그것은 워울프가 돼버린 규호도 마찬가지였다.

오직 문주한만이, 지구로 돌아가 그들에게 앞으로 닥칠 미래를 예언할 수 있었다.

박 소위는 연민과 부러움을 동시에 느끼며 쓴웃음을 지었다.

"그런데 준장님은 언제 돌아오시려나? 아무리 늦어도 나흘, 아니, 닷새 전에는 돌아오셔야 할 텐데……."

*　　　*　　　*

2단계 소드 익스퍼트의 오러인 파란색은 마치 맑은 날의 하늘 같은 파란색이었다.

반면 3단계 소드 익스퍼트의 오러인 남색은 짙은 바다와 같은 파란색이었다.

내 눈에는 오히려 이쪽이 '파란색'이라는 개념에 가까웠다. 스텔라는 내가 발동시킨 오러에 손바닥을 가까이 대며 말했다.

"반발력이 엄청나네. 이거 발동시키면 기본 스텟이 어느 정도 올라가?"

"1.6배 정도? 정확한 건 스텟이 최대치까지 회복된 다음에 써봐야 알 수 있겠지."

"힘을 가진 건 어떤 기분이야?"

그녀가 물었다. 나는 벽난로 앞에 걸어놓은 옷가지를 보며 대답했다.

"별로. 특별히 달라진 건 없어."

"내가 볼 땐 꽤 달라졌어."

"뭐가 달라졌지?"

"그러니까… 말투가 전보다 부드러워졌어."

스텔라는 미소를 지었다. 나는 쓴웃음을 지으며 고개를 저었다.

"그건 내가 어려져서가 아닐까? 레너드의 육체에 영향을 받

아서 그런지… 전체적으로 경솔해진 감이 있어. 정작 스스로
는 뭐가 변했는지 와닿지 않지만."

"아무튼 미안해. 아무것도 안 했는데 괜히 옆에 있다가 스텟
을 나눠 먹어서."

그녀는 갑자기 사과했다. 나는 마찬가지로 레벨이 오른 그
녀의 스텟을 확인하며 고개를 저었다.

"신경 쓰지 마. 나눠 먹었다고 해도 충분할 만큼 올라갔으니
까."

퀸 웜을 잡은 순간 15의 오러 스텟이 올랐다.

덕분에 547이었던 오러 스택이 562가 되며 레벨이 올랐다.

동시에 3단계 소드 익스퍼트가 되었고, 오러의 색이 파란색
에서 남색으로 변했다.

반면 스텔라는 한 번에 무려 50의 마력 스텟이 상승했다.

덕분에 7이었던 레벨이 9로 높아지며 새로운 마법까지 쓸
수 있게 됐다.

"하지만 기분은 별로 안 좋았어. 더럽다고 해야 하나? 마치
변기에 물을 내리는 것처럼 빨려 나갔잖아?"

스텔라는 물의 동굴에서 강제로 '분출'되었던 기억을 떠올리
는 듯했다. 나는 가볍게 웃으며 고개를 끄덕였다.

"강 하류에서 난리가 나겠군. 누군가 퀸 웜의 시체를 발견
하면 말이지. 그런데 퀸 웜의 사체에는 뭔가 중요한 부분이 없
나? 샌드 웜 킹의 눈알은 마력 증후군에 특효약이었는데."

"나도 몰라. 퀸 웜이라는 게 있다는 사실 자체를 처음 알았어."

"만약 또 한 번 회귀한다면……."

나는 손에 쥐고 있던 시공간의 주머니를 만지작거리며 말했다.

"그때는 알려줄 수 있겠지."

"그럴지도. 하지만 누구에게?"

스텔라는 묘한 미소를 지으며 날 바라보았다. 나는 어깨를 으쓱이며 능청스럽게 대꾸했다.

"글쎄, 누굴까? 또다시 인류의 멸망까지 살아남은 문 씨 성을 가진 한국인이라던가?"

"아마 그렇겐 안 될 거야."

스텔라는 고개를 저었다.

"이미 너무 많은 게 변했어. 지금 지구에 살고 있는 '그' 문주한은 전생의 당신처럼 성장할 수 없을 거야."

"그렇겠지. 아마도."

나는 고개를 끄덕였다.

그리고 20대 초반의 기억을 떠올렸다. 아직 세상이 망가지기 전의 철없던 시절의 기억을.

하지만 지금은 의미 없는 기억이었다.

이곳은 레비그라스 차원이고, 우리가 있는 곳은 아크 위저드인 이시테르의 오두막이었다.

아크 위저드 이시테르.

물론 그녀의 허락을 받고 들어온 건 아니었다. 우린 텅 빈 오두막에 무단으로 침입한 다음, 벽난로에 불을 붙이고 홀딱 젖은 옷을 말리기 시작했다.

그리고 한참 동안 침묵이 흘렀다.

말이 없다고 해서 어색한 느낌은 없었다. 스텔라와 나는 이미 전생을 통해 침묵마저도 공유할 수 있는 사이가 되어 있었다.

잠시 후, 스텔라가 조용히 침묵을 깨며 말했다.

"그러고 보니 잊고 있었네. 물의 정령왕의 힘을 얻었잖아? 어떤 능력이야?"

"아… 맞아. 그랬지."

나는 탄식하며 고개를 끄덕였다.

불의 정령왕 때와는 달리, 이번에는 너무 갑작스럽게 얻은 힘이라 실감이 나지 않았다.

나는 먼저 스캐닝을 열고 새로 얻은 힘을 확인했다.

정령 마법: 노바로스(총3종류), 아쿠렘(3종류)

이번에도 세 종류의 마법으로 구분되는 모양이다. 나는 왼쪽 손등에 새겨진 물방울 모양의 문양을 바라보며 '아쿠렘'이란 단어를 떠올렸다.

그러자 눈앞에 새로운 문장이 떠올랐다.

[물의 정령왕의 힘은 총 세 가지 중에 하나를 선택할 수 있다.]

'그러고 보니 그때도 이랬지?'
나는 과거에 노바로스의 힘을 처음 얻었을 때를 기억했다.
동시에 새로운 문장들이 빠르게 떠올랐다.

[검]
[권속]
[금고]

'금고?'
그것은 의외의 단어였다. 나는 일단 의식을 지우며 설명문
을 닫았다.
그리고 다시 스텟창을 열어, 보다 상세한 설명을 확인했다.

[검 ─ 물의 힘을 가진 검을 소환한다. 1회당 50의 마력이 소
모된다.]
[권속 ─ 워터 드래곤을 소환한다. 100단위로 마력을 소모하
며, 소모한 마력에 비례한 힘과 지속 시간을 가지게 된다.]
[금고 ─ 마력을 또 다른 금고에 보관한다. 자신의 마력 스텟
의 두 배까지 가능. 이 마력은 오직 아쿠렘의 힘을 발동시킬 때

만 사용할 수 있다.]

나는 감탄했다.
일단 다른 무엇보다도 '금고'가 가진 가능성이 압도적이었다.
나는 곧바로 마음속으로 소리쳤다.
'아쿠렘의 금고!'
그러자 눈앞에 곧바로 문장이 떠올랐다.

[당신의 마력을 금고에 보관할 수 있습니다. 현재 385의 마
력을 보유 중입니다. 최대 910의 마력을 보관 가능 합니다.]

'그럼 일단 100의 마력을……'
그러자 순간적으로 몸에서 마력이 빠져나가는 기분이 들었
다. 나는 마른침을 삼키며 눈앞에 새로 나타난 문장을 바라보
았다.

[아쿠렘의 금고는 현재 100의 마력을 보관 중입니다. 당신이
아쿠렘의 힘을 사용할 경우, 우선적으로 금고에 보관한 마력이
소모됩니다.]

나는 스텟창을 다시 열고 마력 스텟을 확인했다.

마력: 285(405)

마력 금고: 100(810)

아예 새로운 스텟이 새로 생겼다.

그것은 엄청난 변화였다. 만약 마력을 회복시킬 수 있는 충분한 시간만 있다면 나는 최대 1,215의 마력을 보유한 전무후한 존재가 되는 것이다.

물론 충분한 마력 회복 포션이 있어도 상관없다. 나는 시험 삼아 100의 마력을 추가로 금고에 옮긴 다음, 멍하니 기다리고 있는 스텔라에게 금고의 효과를 설명했다.

스텔라는 금방 눈이 휘둥그레졌다.

"최대 1,215의 마력이라고? 그 정도면 거의 아크 위저드 두 명분이잖아?"

아크 위저드라 해도 결국 마력 스텟이 650을 넘긴 존재일 뿐이다.

하지만 개념이 다르다. 나는 우쭐해지려는 기분을 빠르게 억누르며 고개를 저었다.

"내가 가진 건 마법을 쓸 수 있는 '연료'에 불과해. 800이 넘는 마력이 새로 생겼다 해도… 그만큼 레벨이 오르거나 쓸 수 있는 마법이 늘어난 건 아니니까."

"그래도 대단한 건 대단한 거야. 남은 마력 회복 포션이 몇 병이지? 지금 당장 금고를 채워 넣는 게 좋지 않을까?"

"이미 마력 200을 옮겨놨어. 포션은… 80병쯤 남아 있네."

말이 나온 김에 포션을 한 병 꺼내 마셨다. 스텔라는 흐뭇한 표정을 지으며 고개를 끄덕였다.

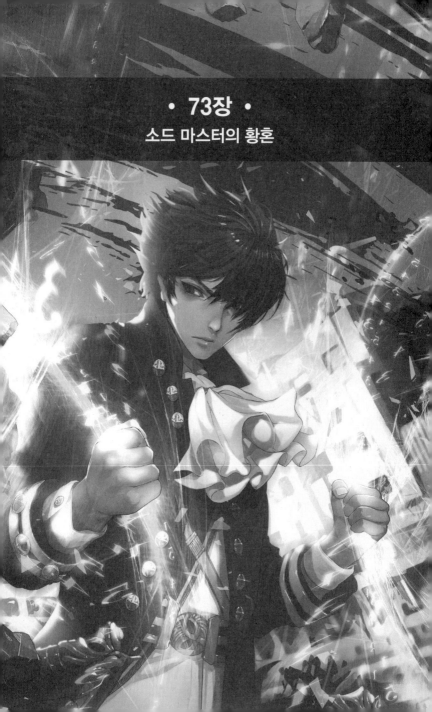

73장

소드 마스터의 황혼

"좋아. 정말 좋은 능력이야. 그런데 금고의 마력으로는 물의 정령왕의 힘밖에 쓸 수 없다고?"

"아마도."

"그럼 다른 두 개는 어떤 능력인데? 검? 권속?"

정확한 능력은 테스트를 해봐야 알 수 있을 것이다.

우선 권속은 '워터 드래곤'을 소환한다고 하니, 이런 작은 오두막 안에서 테스트하기엔 무리가 있었다.

그래서 먼저 '검'을 사용했다.

촤륵!

그와 동시에 왼편에 엄청난 속도로 물방울이 집결하기 시작했다.

'물로 만들어진 검이 생성되는 건가?'

나는 그렇게 예상했다.

하지만 결과는 예상 밖이었다. 생성된 물은 양손에 검을 쥔 인간의 형태로 뭉쳤다.

"이건 검이 아니라 검사잖아……"

그것은 키가 2미터에 달하는 물로 만들어진 검사였다.

몸도 물이고, 입고 있는 갑옷도 물이고, 쥐고 있는 칼도 물이다.

그러자 검사도 날 내려 보며 말했다.

ㅡ난 지금부터 무엇을 하면 되나?

그것은 정령의 목소리였다. 나는 잠시 당황하다 역으로 질문했다.

"넌 뭘 할 수 있지?"

ㅡ나는 싸울 수 있다. 그리고 지킬 수 있다.

"그럼… 지금부터 나와 스텔라를 지켜라."

ㅡ알겠다.

그러고는 스텔라와 내 사이로 걸음을 옮긴 다음, 그곳에 우뚝 멈춰 섰다.

스텔라는 놀란 눈으로 검사를 바라보며 물었다.

"이거 직접 움직이는 거야? 아니면 당신이 조종해?"

"명령을 내리면 알아서 움직이는 것 같아. 그렇게 강해 보이진 않는데……."

나는 스캐닝을 하기 위해 왼쪽 눈을 찌푸렸다.

이름: 하급 물의 정령(검사)

종족: 정령

레벨: 1

특징: 물의 정령왕, 아쿠렘의 힘이 깃든 정령. 생성 직후 24시간 동안 주인의 명령에 충실히 따른다. 불과 냉기의 마법에 강하다. 냉기의 경우, 한계를 넘으면 몸 전체가 얼어붙어 움직일 수 없게 된다.

근력: 224(224)

체력: 47(47)

내구력: 113(113)

정신력: 20(20)

항마력: 135(135)

특수 능력

오러: 0

마력: 30(30)

신성: 0

저주: 0

고유 스킬: 검의 돌진

마법: 워터 볼

물의 검사는 생각보다 강했다.

특히 근력만 보면 2단계 오러 유저를 능가할 정도였고, 내구력과 항마력도 꽤나 수준급이었다.

'그런데 마력이 30이라니… 내가 50의 마력을 소모해서 만들었는데, 자체적으로도 30의 마력을 보유하고 있다고? 너무 효율이 좋은 것 아닌가?'

비록 쓸 수 있는 마법이 워터 볼 하나였지만, 그렇다고 해서 물의 검사가 가진 탁월한 효율이 줄어드는 건 아니었다.

다만 적이 강력할 경우에는 큰 도움이 안 될 것이다. 나는 물의 검사의 사용법을 궁리하며 스텔라에게 말했다.

"기본 스텟은 대충 2단계 오러 유저 정도 되는 것 같다. 체력이 낮긴 한데, 어차피 하루밖에 유지가 안 되니까 큰 상관은 없을 테고."

"그 정도면 나보다 강하겠네. 괜찮지 않아? 호위 같은 가벼운 임무를 맡기기에 좋을 것 같은데?"

나는 고개를 끄덕였다.

그런데 뭔가가 마음에 걸렸다. 나는 물의 검사의 스텟창을 유심히 바라보며 정체불명의 위화감을 느꼈다.

'이름이 하급 물의 정령이고… 종족도 정령이다. 그런데 표시되는 패턴이 완전 몬스터인데? 그렇다면 설마…….'

나는 한동안 고민하다 물의 검사에게 물었다.

"너는 내가 내린 명령에 무조건 복종하나?"

─물론이다.

"내가 널 공격해서 파괴한다 해도?"

─물론이다.

"만약 다른 사람이 널 공격하면?"

─반격한다.

"내가 반격하지 말라고 명령하면?"

─그럼 반격하지 않는다.

"좋아. 그럼 지금부터 스텔라가 널 공격하더라도 절대 반격하지 마라. 죽을 때까지."

─알겠다.

물의 검사는 짧게 대답했다. 스텔라는 이해할 수 없다는 표정을 지었다.

"대체 무슨 대화를 나눈 거야? 내가 공격하더라도 반격하지 말라니?"

"테스트해 보고 싶은 게 있어. 지금부터 이 녀석을 공격해 봐. 소멸할 때까지."

"내가? 이걸? 왜?"

"스텟이 올라가는지 확인하게."

나는 스텔라의 마력 스텟을 확인한 다음 곧바로 오두막집의 문 쪽으로 걸음을 옮겼다.

"이 녀석 스캐닝으로 표시되는 게 완전 몬스터야. 혹시 스텟을 나눠 먹으면 곤란하니까 멀리 떨어져 있을게."

"잠깐, 스텟이라고? 그렇다면 나보다도 당신이⋯⋯."

"어차피 난 레벨이 높아서 이 정도로는 성과가 안 보일 게 뻔해. 테스트가 목적이니 네가 확인해 줘."

나는 밖으로 나온 다음 오두막과 거리를 벌렸다.

그리고 잠시 후, 오두막 안쪽에서 불꽃이 번뜩이는 게 보였다.

그렇게 1분쯤 지났을까.

"해치웠어!"

오두막 안에서 스텔라의 목소리가 들렸다. 나는 잽싸게 집 안으로 돌아와 그녀의 스텟을 확인했다.

테스트는 성공적이었다.

마력: 82(142)

139였던 스텔라의 마력 최대치가 그사이에 3이나 올라갔다.

그런데 스텔라의 몸이 푹 젖어 있었다. 그녀는 눈을 가늘게 뜨며 물바다가 된 바닥을 노려보았다.

"이 녀석… 죽으면서 물이 돼."

"그건 몰랐군. 하지만 성공이야. 마력 스텟 최대치가 3이나 올라갔어."

"정말?"

스텔라는 반색하며 고개를 치켜들었다.

"대단하잖아! 그럼 이제부터 마력만 충분하면 원하는 사람을 마음껏 키워줄 수 있겠네?"

"한번 키워져 볼래?"

"나?"

스텔라는 미소와 함께 고개를 저었다.

"지금은 사양할게. 지금은 빨리 몸을 말리고 싶을 뿐이야."

"그거라면 내가 도와줄 수 있지."

나는 수건을 들고 그녀에게 다가갔다. 그녀는 완전히 맡기겠다는 듯, 순순히 양팔을 쫙 벌렸다.

*　　　　*　　　　*

블랑크는 한쪽 무릎을 꿇으며 남자에게 진언했다.

"폐하, 더 이상 접근하시면 위험합니다. 지금은 멈춰 있지만 언제 다시 활동을 시작할지 모릅니다."

신성제국의 3군 총사령관이자, 황제의 동생인 블랑크가 무릎을 꿇을 존재는 단 하나뿐이었다.

바로 제국의 황제인 카이엔 누와 크루이거.

황제의 연령은 올해로 131살이다. 하지만 외모는 기껏해야 4, 50대의 중년으로밖에 보이지 않았다.

황제는 자신보다 훨씬 나이 들어 보이는 동생의 얼굴을 보며 웃었다.

"괜찮다, 블랑크. 내겐 더 이상 위험한 게 없어."

"물론 폐하의 힘은 이 제국의 정점에 계십니다만……."

"아니, 그런 걸 말하는 게 아니다."

황제는 멀리 보이는 거대한 검은 그림자를 바라보며 고개를 저었다.

"이미 언제 죽어도 이상하지 않을 몸이란 거지. 대신관의 약이 아니면 거동조차 할 수 없는 상황이다."

"폐하……."

블랑크는 이를 갈며 뒤쪽을 돌아보았다.

그곳엔 대신관인 레빈슨이 서 있었다. 대신관은 자신의 옆에 서 있는 하이 템플러에게 눈짓을 하며 말했다.

"잠시 뒤로 물러나 주세요."

"네, 대신관님."

템플러는 고개를 숙이며 뒷걸음쳤다. 그러자 블랑크가 레빈슨에게 다가오며 그의 멱살을 잡았다.

"대신관! 당신이 폐하께 그 물약을 제공하지만 않았어도!"

"그만해라, 블랑크."

황제는 곧바로 손사래를 쳤다.

"대신관의 잘못이 아니야. 그 약은 내가 원한 거다."

"폐하……."

"내겐 오랫동안 후사가 없었지. 제국을 위해서… 어떻게든 젊음을 유지하며 자식을 생산하려 했다."

그것이 바로 루도카와 황제의 나이 차이가 극단적으로 벌어진 이유였다. 블랑크는 대신관의 멱살을 놓으며 고통스러운 얼굴로 고개를 저었다.

"하지만 폐하, 그 물약은 일단 먹기 시작하면 끊을 수 없지 않습니까……."

"하지만 덕분에 두 아들을 볼 수 있었다. 그것만으로 만족해야지."

그때, 검은 괴물의 방향으로부터 바람이 불어왔다.

바람에는 진한 피비린내가 섞여 있었다. 황제는 참담한 얼굴로 블랑크를 보며 물었다.

"토벌대는 몇이나 죽은 건가?"

"…지금까지 투입한 건 총 4천 명입니다. 하지만 폐하, 숫자는 큰 문제가 아닙니다. 일단 국경에서 제국 기사들을 소집했습니다. 강자들이 모이면 반드시 저 몬스터를 사냥할 수 있을 겁니다. 그때는 저도 토벌대에 합류해서……."

"그러면 안 돼."

황제는 고개를 저었다.

"기사들을 소집하면 국경이 단숨에 뚫릴 테지. 그러지 마라,

블랑크."

"하지만 폐하……."

"일단은 내버려 둬. 내가 실패하면 말이지."

황제는 고개를 돌려 대신관을 바라보았다.

"대신관, 저 몬스터는 건드리지 않으면 더 이상 움직이지 않는 건가?"

"네. 말씀드린 그대로입니다."

대신관은 고개를 숙이며 말했다.

"저건 상급 공허 합성체입니다. 최상급이 되기 전에는 자신의 영역을 지킬 뿐입니다. 일부러 돌아다니면서 제국의 신민을 공격하진 않습니다."

"흥! 잘도 알고 있군!"

블랑크는 콧방귀를 뀌며 소리쳤다.

"애당초 당신이 일을 벌이지만 않았어도 이 지경이 되진 않았잖은가! 괜히 루도카에게 바람을 불어넣어서!"

"…그 아이는 언제나 먼 곳을 보고 있었지."

황제는 한숨을 내쉬며 고개를 저었다.

"뜻은 있지만 장남이 아니었고, 재능은 있지만 높이 오를 만큼은 아니었어. 그저 안타까울 뿐이야. 그렇지 않나, 대신관?"

"모든 것은 빛의 신의 뜻입니다."

대신관은 얄밉게 대답했다. 황제는 허허 웃으며 고개를 저었다.

"쓸데없는 것을 물었군. 그럼 저 몬스터는 언제 최상급으로 올라가나?"

"저도 거기까지는 모릅니다. 특별한 계기가 없는 이상… 10년 정도는 현상을 유지한다고 봐야겠죠."

"10년이라… 그때까지는 그대가 키우는 지구인들이 저 몬스터를 사냥할 만큼 성장하겠나?"

"물론입니다, 폐하."

"알겠네. 그럼 나는 제국의 황제로서, 그리고 어리석은 자식의 아비로서 책임을 지도록 하지."

황제는 정면을 바라보며 걸음을 옮겼다. 블랑크는 잽싸게 황제의 앞을 가로막으며 말했다.

"폐하! 군이 폐하께서 이렇게 하실 필요는 없습니다!"

"블랑크, 내겐 시간이 없어."

황제는 허리에 찬 검을 뽑아 들며 말했다.

"이미 수만 명의 제국 시민이, 그것도 성도에서 무참히 목숨을 잃었다. 누군가는 이 사태에 책임을 져야해."

"군이 책임을 묻는다면 대신관이 져야 합니다! 왜 폐하께서 희생하시려 합니까!"

"대신관은 황족이 아니니까."

"그런… 폐하, 그럼 최소한 저라도 함께 싸울 수 있게 허락해 주십시오!"

"그건 안 돼."

황제는 즉시 고개를 저었다.

"블랑크, 너는 황실의 원로로서 해야 할 일이 있다. 부디 아민을 잘 부탁한다. 그 아이는 뜻도 없고 재능도 없어. 누군가 옆에서 붙들어주지 않으면 순식간에 무너질 테지."

아민은 황태자의 이름이었다. 블랑크는 고개를 숙이며 입술을 깨물었다.

"그리고 어머님과 작은어머님도 잘 부탁한다. 무슨 일이 있어도 두 분을 저 괴물과 싸우게 해선 안 돼. 그분들은 성도의 마지막 방벽이다. 알겠나?"

"폐하……."

"그리고 너도 알지 않나? 내가 죽기라도 해야 '그분'이 성도에 와주실 거다."

"그분이라 하시면……."

황제가 존칭을 붙일 만한 사람은 이 세상에 얼마 남아 있지 않았다. 블랑크는 순간 헉 소리를 내며 황제를 바라보았다.

"설마 그분을?"

"그분께는 죄송스러운 일이겠지. 워낙 성도를 싫어하시니… 하지만 이 세상에 저런 몬스터를 사냥할 수 있는 건 그분뿐이다. 어쩔 수 없어."

황제를 움직이게 만든 것은 단지 절망과 자괴감이 아니었다.

그는 자신의 목숨을 담보로 제국을 구할 마지막 계획을 세우고 있었다.

"그럼 물러나라. 블랑크 황제로서 내리는 마지막 명이다."

블랑크는 물러날 수밖에 없었다. 하지만 마치 교대라도 하듯, 대신관이 앞으로 나서며 말했다.

"폐하, 제가 폐하께 마지막으로 드릴 게 있습니다."

황제는 쓴웃음을 지으며 고개를 저었다.

"영생의 물약이라면 이제 됐네. 아침에 이미 마시고 나왔지."

"영생의 물약이 아닙니다."

대신관이 박수를 치자, 뒤에 빠져 있던 하이 템플러가 황제의 앞으로 쏜살같이 다가왔다.

"이것은 새로운 병기입니다. 소드 마스터인 황제 폐하시라면 능히 다루실 수 있을 거라 생각합니다."

"…이게 뭔가?"

황제는 템플러가 양손에 떠받히고 있는 금속 봉을 집어 들었다.

크기는 황제가 허리에 차고 있는 검의 손잡이와 비슷한 수준으로, 약 40㎝ 정도였다.

그런데 크기에 비해 믿기지 않을 만큼 무거웠다. 황제는 손목이 뻐근한 듯, 양손으로 봉을 쥐며 눈살을 찌푸렸다.

"어떻게 이렇게 작은 것이 이토록 무거울 수 있나?"

"빛의 신의 축복으로 만들어진 새로운 무기입니다. 폐하, 위쪽에 있는 그 단추 같은 걸 누르십시오. 그럼 거기서 검이 솟아 나옵니다."

"검?"

황제는 이해할 수 없다는 표정으로 버튼을 눌렀다.

지이이이이잉!

그러자 새파란 섬광이 요란한 소리를 내며 솟구쳤다. 황제는 놀란 표정으로 감탄했다.

"빛의 검이라니! 정녕 레비께서 내리신 축복인가?"

"믿을 수 없을 만큼 강력한 절삭력을 가지고 있습니다. 보이디아 차원의 몬스터를 제압하는 데 도움이 될 거라 생각합니다."

"…알겠네."

황제는 천천히 고개를 끄덕였다.

"가는 길에 마지막으로 받는 선물이라 해두지. 그럼 제국을 잘 부탁하겠네."

"신성제국은 영원할 겁니다."

대신관은 허리를 숙이며 하이 템플러와 함께 뒤로 물러났다.

그리고 황제는 자신이 쥔 빛의 검을 바라보며 쓴웃음을 지었다.

그 순간, 황제의 몸에 오러가 발동되었다.

그것은 진한 보라색을 띠고 있었다.

그리고 황제는 직감했다. 이것이 자신의 인생에 있어 마지막으로 발동시키는 오러라는 것을.

*　　　*　　　*

박 소위는 한숨을 내쉬었다.

"반나절 늦으셨군요."

다행히 좌절이 아니라 안도의 한숨이었다. 박 소위는 주변을 살피며 물었다.

"스텔라는 함께 오지 않으셨습니까?"

"오는 길에 엘프 마을에 두고 왔다. 어차피 같이 싸울 건 아니니까."

내가 서 있는 곳은 뱅가드의 102번 구역에 새로 지어진 크로니클사의 5층 빌딩 앞이었다. 박 소위는 뒤에 서 있는 마리아에게 손짓을 하며 고개를 끄덕였다.

"알겠습니다. 이미 준비는 다 끝내놨으니 이동하기만 하면 됩니다. 마리아?"

"네, 회장님. '뒷정리'를 끝내고 따라가겠습니다."

마리아는 다시 건물로 들어갔다. 나는 박 소위와 함께 가까운 텔레포트 게이트를 향해 걸으며 말했다.

"제국령을 돌면서 소문을 들었다. 성도 류브에 강력한 몬스터가 출몰해서 난리가 났다고 하더군."

"저도 들었습니다. 생김새는 대충 이런 것 같습니다."

박 소위는 셔츠의 앞주머니에서 빳빳한 종이를 꺼내 내밀었다. 종이에는 검은 우비를 덮어쓴 듯한 정체불명의 괴물이 그려져 있었다.

"이건… 우주 괴수인가?"

"가능성이 높습니다. 현재 성도의 서쪽 구역에 약 10제곱 km 정도가 폐허가 된 채 방치된 상태라고 합니다."

"서쪽?"

나는 눈살을 찌푸렸다.

"서쪽이면 레비의 대신전이 있는 구역 아닌가?"

"문제가 터진 곳이 바로 대신전의 정원입니다. 루도카 황자의 장례식 도중에 몬스터가 난입했다고 합니다."

"루도카의 장례식이라니……."

나는 입술을 깨물며 고개를 저었다.

"아니, 루도카와 관계는 없을 거다. 시체도 남기지 못하고 사라졌으니까."

"저도 일이 터진 경위까지는 알아내지 못했습니다. 그보다도 현재 몬스터가 점거한 장소가 문제입니다."

"레비의 대신전에 접근할 수 없게 된 건가? 그 몬스터를 퇴치하지 않는 이상?"

"그렇진 않습니다. 몬스터가 점거하고 있는 곳은 대신전으로부터 북쪽으로 약 3km쯤 떨어져 있는 장소입니다."

"3km나? 몬스터는 대신전의 정원에서 처음 나타났다고 하지 않았나?"

"네. 그런데 초기에 신관들이 나서서 몬스터를 북쪽으로 유인했다고 합니다."

"유인?"

"목격자에 따르면 몬스터를 유인하는 모습이 꽤나 능숙했다고 하더군요."

유인이라는 단어에서 내가 떠올린 것은 빅 스카였다.

빅 스카는 언제나 자신을 공격하는 쪽, 혹은 조금이라도 더 많은 인간이 있는 곳으로 움직였다. 박 소위는 그런 내 마음을 읽기라도 한 듯, 가볍게 웃으며 말했다.

"혹시 빅 스카를 생각하십니까?"

"그래. 우주 괴수도 빅 스카와 비슷한 방식으로 유인이 가능할지 모르겠군."

"최악의 경우엔 동행한 전사들이 그 역할을 해야 할 겁니다. 하지만 현재까지 입수한 정보를 종합하면… 어쨌든 진입로만 잘 잡으면 문제의 몬스터를 상대하지 않고 대신전에 침입할 수 있을 겁니다."

"그런데 문제는?"

"문제는 몬스터의 출현으로 강력한 전력이 성도에 모여 있을 가능성입니다, 하지만 그들 역시 대부분 몬스터에게 집중되어 있을 가능성이 높습니다."

박 소위의 말대로라면 실로 몬스터 만세라 할 수 있으리라.

나는 맵온을 연 다음, 신성제국의 성도인 류브로 초점을 맞추며 물었다.

"좋아. 세뇌를 맡은 신관들은 여전히 대신전의 지하에 있나?"

"그것도 문제입니다. 더 이상 대신전의 정보를 얻을 수가 없어 확인이 불가능합니다."

"류브에는 크로니클이 고용한 첩자들이 백 단위로 상주하고 있다 하지 않았나?"

"그렇습니다만, 몬스터가 나타난 직후부터 대신전이 주변을 완전 통제한 모양입니다. 그 뒤로는 세뇌를 맡은 신관들이 대신전 밖으로 나오는 모습이 전혀 목격되지 않았습니다."

나는 잠시 생각하다 물었다.

"대신전 밖으로 나오지 않으면 좋은 거 아닌가? 안에 있다는 증거니까."

"꼭 그렇지만은 않습니다. 그곳은 레비의 대신전이니까요. 눈에 띄지 않고 움직일 방법이 있습니다. 아, 혹시 맵온을 켜 주시겠습니까?"

"이미 켜놨지."

"그렇다면 대신전을 확인해 주십시오."

나는 곧바로 대신전 안에 존재하는 인간의 숫자를 확인했다.

"지금 대신전에는 총 519명의 인간이 있다. 하지만 그중에 세뇌를 맡은 신관이 누구인지까지는 확인할 수 없어."

"그건 아쉽군요. 그런데 확인할 건 인간의 숫자가 아닙니다. 평면도로 볼 때 중앙에 둥그런 방 같은 게 있지 않습니까?"

"아… 이거 말이군."

"그곳의 지상 2층에 텔레포트 게이트가 있습니다. 상주하는 마법사만 50명이라고 합니다. 분명 사방으로 십수 개의 게이트가 연결되어 있겠죠."

"과연… 전이의 각인을 내리는 대신전담군. 대신전에 진입하면 곧바로 여기부터 파괴해야겠어."

"네. 가장 먼저 해야 합니다. 혹시라도 세뇌 신관들이 도망쳐 버리면 말짱 헛일이니까요."

박 소위는 재차 강조하며 옷매무새를 가다듬었다. 나는 그제야 그의 옷차림이 특이하다는 걸 파악하며 말했다.

"너무 자연스러워서 인식하지 못했군. 그거 정장 아닌가?"

"네. 지구식의 정장입니다. 크로니클의 의류 사업부에서 제작한 시제품이죠."

박 소위는 감색 넥타이를 쓰다듬으며 씩 웃었다. 나도 따라 웃으며 말했다.

"거의 진짜 같군. 나중에 돌아오면 나도 한 벌 지어주지 않겠나?"

"이미 준비시켜 놓았으니 걱정 마십시오. 그보다도 어떻게 되었습니까?"

"뭐가?"

"제국령 탐험 말입니다. 어느 정도 성과가 있었습니까?"

나는 즉석에서 오러를 발동시켜 성과를 확인시켜 주었다. 박 소위는 입술을 지그시 깨물며 천천히 고개를 끄덕였다.

"3단계 소드 익스퍼트… 여기에 노바로스의 강화를 추가하면 소드 마스터도 상대할 수 있겠군요."

"그건 해봐야 알겠지. 단순히 기본 스텟만 비슷한 걸로는 확신할 수 없어."

"하지만 황제는 나이가 많습니다. 올해로 130살이 넘었으니까요. 기본 스텟이 최대치까지 회복되지 않을 겁니다."

"팔틱 선생님처럼 말이지?"

"네. 그러니 충분히 상대할 수 있을 겁니다. 오히려 블랑크를 비롯한, 제국 기사단의 정예가 더 귀찮을지도 모릅니다."

"회장님!"

그때 뒤쪽에서 마리아가 엄청난 기세로 달려오며 소리쳤다.

"큰일이에요, 회장님!"

"코바레스, 진정하고 무슨 일인지 말해."

"방금 성도 류브와 연결된 정보망에서 통신이 들어왔는데… 신성제국에 새 황제가 등극했다고 합니다!"

"뭐?"

박 소위가 당황하며 소리쳤다.

"신황제? 그럼 현 황제는?"

"사망했다고 합니다."

"……"

"수도에 나타난 몬스터가 시내 쪽으로 움직이는 걸 막기 위해 스스로를 희생했다고… 지금 국장과 함께 신황제 등극이 동시에 진행되고 있다네요."

"그 무슨……"

박 소위는 벌어진 입을 다물지 못했다. 나는 한 번도 본 적 없던 소드 마스터를 떠올리며 한쪽 어깨를 으쓱였다.

"진짜 몬스터 만만세군. 이제 소드 마스터를 상대할 걱정은 안 해도 되겠어."

"그게… 꼭 그렇지만도 않을지도 모릅니다."

박 소위는 눈살을 찌푸리며 고개를 저었다.

"지금 레비그라스에는 세 명의 소드 마스터가 존재합니다. 제국 황제가 죽었으니 이제 두 명이겠군요. 검신 엑페와 엘프 로드 트리온이죠."

들어본 적이 있는 이름이었다. 나는 뱅가드에 처음 도착했을 때 마무사와 나눴던 대화를 떠올렸다.

"하지만 둘 다 신성제국의 인간은 아니라고 들었는데?"

"로드 트리온은 확실히 아닙니다. 그는 자신의 종족인 엘프조차도 버리고 방랑하는 자니까요. 사실 생존조차 확인이 안될 정도입니다. 그런데 검신 엑페는 황제와 친분이 있습니다."

"친분? 어떤 친분 말이지?"

"친척입니다."

박 소위는 긴장된 얼굴로 주변을 살피며 말했다.

"어지간해서는 모습을 보이지 않는 존재지만… 황제의 장례
식이라든가, 신황제의 등극식이라면 십중팔구는 나타날 겁니
다."

*　　　*　　　*

검신 엑페.

레비그라스 역사상 가장 강력한 힘을 가진 존재로, 연령은
이미 200살을 훌쩍 넘겼다고 한다.

"오러를 쌓으면 노화가 느려지고 수명이 늘어납니다. 그리고
젊은 나이에 쌓으면 쌓을수록 효과가 배가 되죠. 엑페는 10대
에 이미 소드 마스터가 되었다고 합니다."

"그래서 200살이라는 말도 안 되는 나이가 가능한 건
가……."

나는 200살 먹은 소드 마스터의 외모를 상상하며 고개를
저었다.

우리가 도착한 곳은 뱅가드의 동쪽 끝에 있는 커다란 창고
였다. 박 소위는 직접 창고를 열고 안으로 들어가며 말했다.

"소문에는 아직도 4, 50대의 외모를 가지고 있다고 합니다.

존재 자체가 전설 같은 인물이라 자세히 밝혀진 사실은 별로 없지만요."

"그런데 황제의 친척이라고?"

"네. 촌수로 따지면 사촌일까요?"

"그럼 황족이지 않나? 어째서 신성제국의 사람이 아니지?"

"거기엔 이유가 있습니다."

박 소위는 창고 한쪽에 가득 쌓인 상자로 걸음을 옮기며 말했다.

"일단 보급부터 하는 게 좋겠군요. 이게 전부 신형 마력 회복 포션입니다."

"그사이 많이도 만들어놨군. 그런데……."

상자 속에는 작은 드링크 같은 포션병이 빼곡하게 쌓여 있었다.

"사이즈가 확 줄었는데? 그래서 신형인가?"

"사이즈만 줄어든 게 아닙니다. 효과도 다섯 배가량 개선됐습니다."

"다섯 배나?"

"신형 농축 포션은 한 병에 약 30의 마력이 회복됩니다."

박 소위는 자신만만한 얼굴로 포션병을 집어 들었다.

"이게 모두 준장님이 기존의 포션을 엄청난 속도로 소모시켜 주신 덕분입니다. 연구 팀도 흥이 나는지 포션의 개선에 박차를 가하고 있습니다."

"엄청난 개선이군. 하지만 이쪽에 너무 많은 돈을 쓰는 게 아닌가?"

"물론 돈은 많이 쓰고 있습니다."

박 소위는 부정하지 않았다.

"하지만 이 모든 게 투자입니다. 최종적으로 테스트가 끝난 완성품을 자유 진영 전체에 공급할 생각입니다. 그럼 투자금의 수십 배, 아니, 수백 배 이상의 이윤을 남길 수 있을 겁니다. 그러니 걱정 마시고 마음껏 사용해 주십시오. 그리고 부작용이나 개선 사항이 생기면 나중에 꼭 알려주시기 바랍니다."

좋게 말하면 시제품 테스트고, 나쁘게 말하면 모르모트였다. 나는 헛웃음을 지으며 시공간의 주머니 속에 포션을 집어넣기 시작했다.

"박 소위, 아무래도 자네 육체는 뼛속까지 장사꾼인 것 같군."

"저도 실감하고 있습니다. 그럼 아까 하던 이야기로 돌아와서……."

박 소위는 뒤따라온 마리아에게 뭔가를 지시한 다음 말을 이었다.

"검신 엑페는 과거에 레비의 대신전과 제국이 하나로 합치는 것을 반대했습니다. 하지만 아무리 소드 마스터라 해도 역사의 흐름을 바꿀 수는 없었죠. 덕분에 제국은 신성제국이 되었고, 엑페는 그에 대한 반발로 자신의 이름에서 '크루이거'라는 성을 지워 버렸습니다."

"스스로 제국 황가에서 몸을 뺐다는 건가?"

"네. 그 뒤로는 제국의 일에 일체 관여하지 않았습니다. 자유 진영과의 전쟁이 격렬해졌을 때조차 말입니다."

"그렇다면 내가 대신전을 공격해도 상관 안 하지 않을까? 아무래도 레비교를 끔찍이 싫어하는 모양인데?"

"그럴지도 모릅니다. 하지만 시기가 좋지 않습니다. 지금 성도에는 황제의 장례식이 열리고 있으니까요. 그런 와중에 성도를 공격한다면… 제아무리 엑페라도 무례하다고 여기며 공격할 가능성이 높습니다."

"그런가. 그렇다면 어쩔 수 없지."

나는 입맛을 다시며 고개를 저었다.

어차피 처음부터 소드 마스터와의 전투를 염두에 두고 있었다. 상대가 제국 황제에서 검신으로 바뀌었을 뿐.

"그런데 시공간의 주머니는 정말 대단하군요."

박 소위는 포션이 담긴 상자들이 전부 거덜나는 것을 보며 말했다.

"여기 있는 것만으로도 600병인데… 물론 사이즈가 작아졌습니다만, 어쨌든 안쪽에 여유가 있습니까?"

"여유는 아직 넘친다. 심지어 드래곤이나 각종 군주 웜들의 부속물까지 챙겨 넣었는데 말이지."

나는 시공간의 주머니 속을 힐끔 들여다보며 말을 덧붙였다.

"그리고 비홀더도."

"비홀더라면… 전생에 호주에 나타났던 그 눈알 몬스터 말입니까?"

"그래. 스캐닝해 보니 눈알이 뭔가 대단한 마법 재료로 쓰이는 것 같아서 채취해 왔다. 나중에 전부 넘겨줄 테니 알아서 사용하도록."

"알겠습니다. 개발 팀이 한층 더 바빠지겠군요."

박 소위는 어깨를 으쓱이며 창고의 반대편으로 걸음을 옮겼다.

그곳에는 또 다른 상자와 대량의 물통이 쌓여 있었다. 박소위는 5리터쯤 들어가는 물통 하나를 집어 들며 말했다.

"일단 20명이 한 달 동안 먹을 수 있는 식수와 식량을 준비해 놨습니다. 이것도 주머니에 다 들어갈까요?"

"아마도. 하지만 작전 자체는 지금부터 닷새 안에 전부 끝나지 않나?"

"유비무환이라고 하니까요."

나는 고개를 끄덕이며 보급품을 주머니 속에 쑤셔 넣기 시작했다.

그렇게 모든 준비를 마친 다음, 나는 창고의 바로 옆에 세워진 텔레포트 게이트로 이동했다.

박 소위는 마지막으로 두 장의 편지를 내게 넘기며 말했다.

"1번 거점에 도착하면 이 편지를 멀티렌에게 주십시오. 멀티렌이 이번 작전의 총괄을 맡고 있습니다."

멀티렌은 박 소위의 개인 경호대 대장이었다. 나는 편지를 받아 들며 물었다.

"멀티렌이 작전에 동원되면 네 호위는 누가 하지?"

"제가 있으니 걱정 마세요."

그러자 마리아가 싱긋 웃었다.

"누군가 현장에 가야 한다면 멀티렌이 낫습니다. 저보다 강하니까요. 실전 경험도 많고."

"이쪽은 걱정하지 마십시오, 준장님. 그럼 성공을 기원하겠습니다."

박 소위는 허리를 꼿꼿이 세우며 경례를 붙였다. 나 역시 경례로 화답하며 마법진의 옆에 있는 마법사들에게 신호를 보냈다.

그러자 게이트가 발동했다.

동시에 주변의 풍경이 순식간에 변했다.

내가 있는 곳은 거대한 텐트 안에 그려진 마법진 위였다.

나는 심호흡을 하며 텐트 밖으로 나왔다.

그곳은 이미 사막이었다.

정확히는 거대한 사막의 중심부에 펼쳐진 바위 지대였다. 나는 바위 지대 곳곳에 세워진 수십 개의 거대한 텐트를 보며 혀를 내둘렀다.

이곳이 바로 지구인 구출 작전의 핵심이 될, 제1거점이었다.

작전에 투입되는 모든 인력은 이미 이곳에 도착해 있었다. 나는 근처의 텐트에서 달려 나오는 거대한 늑대 인간을 향해 손을 흔들었다.

• 74장 •
성도, 류브

"그래서 나보고 저걸 잡으라고?"

40대로 보이는 여성이 귀찮다는 표정을 지었다. 블랑크는 침통한 얼굴로 고개를 끄덕였다.

"네, 큰할머님. 제국은 더 이상 저 몬스터에 전력을 낭비할 수 없습니다."

"아니, 얘는. 그렇게 부르지 말래도?"

큰할머님이라 불린 여성은 질색을 하며 고개를 저었다.

"어딜 봐서 내가 네 할머니로 보이니? 내가 너보다 40살은 어려 보이겠다. 그냥 엑페라고 불러."

"…그럼 엑페 경."

"그래, 블랑크. 근데 난 싫구나."

엑페는 가느다란 눈썹을 찌푸리며 먼 곳에 있는 몬스터를 노려보았다.

검고 뿌연, 유령 같은 거대한 존재.

무려 200년이 넘게 살아온 그녀조차도, 평생 동안 단 한 번도 본 적 없는 괴물이었다.

"이렇게 멀리서 보는데도 끔찍하구나. 따지고 보면 전부 대신관의 잘못이 아니니? 가뜩이나 싫은 자들인데, 내가 왜 그 녀석들 뒤처리까지 해야 하니?"

"하지만 엑페 경, 지금은 눈앞의 잘잘못을 가릴 때가 아닙니다. 부디 고통받는 제국의 신민들을 불쌍히 여겨주십시오."

블랑크는 허리를 깊이 숙이며 간곡히 요청했다. 엑페는 그런 블랑크의 뒤통수를 가볍게 후려치며 소리쳤다.

"지금 네가 그런 소리를 할 입장이니?"

콰직!

순간 블랑크의 머리가 땅에 처박혔다. 블랑크는 재빨리 몸을 일으켜 자세를 바로 잡았다.

"큰할머님!"

"그렇게 부르지 말래도! 아무튼 멍청하면 몸이 고생이라니까?"

엑페는 제국의 3군 총사령관을 향해 삿대질을 마구 했다.

"백성들을 생각했으면 전쟁을 일으키지 말았어야지! 아니면 처음부터 신전과 합체하지 말던가!"

"하… 하지만 신전과 제국이 합한 건 제가 태어나기도 전의 일이라……."

"말대꾸하지 마! 아무튼 다 맘에 안 든다니까? 대체 누와는 어떻게 눈을 감았는지 모르겠다니까? 너 같은 멍청이에게 후사를 맡기고 말이지."

누와는 죽은 제국 황제의 이름이다. 블랑크는 눈을 질끈 감으며 고개를 저었다.

"형님께서는 자신의 목숨으로 책임을 지셨습니다."

"책임? 책임 좋아하시네. 죽어서 책임질 거였으면 처음부터 책임질 일을 만들지 말라고! 왜 소드 마스터씩이나 돼서 대신전에 휘둘리는 거야! 이 멍청한 손자들 같으니라고!"

엑페는 씩씩거리다 한숨을 내쉬었다.

그녀가 서 있는 곳은 성도의 중심부에 있는 황궁의 첨탑 꼭대기였다.

공허 합성체가 있는 곳과는 까마득한 거리가 있었다. 하지만 첨탑이 워낙 높고, 그녀의 시력이 좋았기 때문에 직접 확인이 가능했다.

엑페는 차가운 눈으로 몬스터를 노려보며 물었다.

"그래서 누와는 어떻게 죽었니?"

"형님께서는 전력을 다해 싸우셨습니다. 하지만 이미 육체가 극심히 쇠해서……."

"네 형이 못 당한 걸 나라면 잡을 수 있을 것 같아?"

"하지만 당신은……."

"어지간해선 안 올 생각이었어."

엑페는 콧방귀를 뀌며 말을 돌렸다.

"이 도시는 맘에 안 들거든. 저 대신전의 첨탑만 봐도 속이 뒤집히는 것 같아. 차라리 망해 버렸으면 좋겠구나."

"엑페 경……."

"그러니 누와가 자살한 거겠지? 어떻게든 날 끌어오려고 말이야. 안 그러니? 황제의 장례식 정도는 치러야 내가 성도에 올 테니까?"

블랑크는 대꾸하지 못했다. 엑페는 눈을 돌려 멀리 서쪽에 우뚝 솟은 검은색의 탑을 바라보았다.

"언페이트의 탑… 그러고 보니 유메라는 뭐 하고 있어? 장례식장에서 못 본 거 같은데."

"어머님께서는 형님의 부고를 듣고 쓰러지셨습니다. 아무래도 워낙 노령이신지라……."

"그 아이도 갈 때가 됐나? 하긴, 마법사치고는 정말 오래 살았지. 어렸을 때는 내 친딸처럼 예뻐해 줬는데."

엑페는 물끄러미 선 채 침묵했다.

그리고 한참 만에 고개를 돌리며 블랑크를 바라보았다.

"얘, 저 괴물 말이다. 내버려 두면 저기 그냥 가만히 있니?"

"네. 하지만 인간이 접근하면 그쪽으로 움직입니다. 그래서 근처 민가에 사는 신민들을 모조리 대피시켰습니다."

"인간이 접근하면 움직인다라… 그렇다면 원하는 장소로 유인할 수도 있다는 말이네?"

"그렇습니다만?"

블랑크는 의아한 표정을 지었다. 엑페는 뭔가를 떠올렸는지 웃음소리를 내며 고개를 끄덕였다.

"좋아. 블랑크. 그럼 내가 저 몬스터 잡아주마."

"큰할머님!"

"…됐어. 나 돌아갈래."

순간 엑페가 눈살을 찌푸리며 몸을 돌렸다. 블랑크는 아차 하며 엑페의 옷자락을 붙잡았다.

"아니, 아닙니다! 엑페 경! 경의 노고에 진심으로 감사드립니다! 부디 이 제국을 위해 성도에 출현한 몬스터를 퇴치해 주십시오!"

"한 번만 더 그래봐."

엑페는 눈을 흘기며 걸음을 멈췄다.

"하지만 조건이 있다."

"조건요? 뭐든 말씀해 주십시오! 원하시면 제국 3군 총사령관은 물론, 제국 재상의 자리라도 내어드리겠습니다!"

"애도 참, 세상에 누가 그딴 시시한 걸 원하겠니?"

엑페는 손사래를 치며 코웃음을 쳤다.

"앞으로 사흘 주마. 그동안 저 괴물을 레비의 대신전 근처로 유인하렴."

"네?"

블랑크는 멍한 표정으로 엑페를 바라보았다.

"방금 뭐라고 하셨습니까?"

"어머 얘 좀 봐. 벌써 귀가 먹었니? 저 괴물을 대신전 근처로 옮겨놓으라고. 그럼 내가 가서 잡아줄 테니까."

블랑크는 한참 동안 눈을 껌뻑이다 말했다.

"그게 대체… 무슨 의미가 있습니까?"

"의미가 있고말고."

엑페는 음흉한 미소를 지었다.

"그럼 저 괴물을 퇴치하는 김에, 저 흉측한 대신전을 박살낼 수 있지 않겠니? 내 그러면 속이 다 시원할 것 같구나. 물론 제국의 멍청한 신민들이 난리를 치겠지. 하지만 별수 있겠어? 몬스터를 잡기 위해 어쩔 수 없이 그랬다는데. 안 그래?"

*　　　　*　　　　*

"저기가 류브입니다."

톰멘이란 이름의 용병이 숨죽이며 말했다.

신성제국의 성도 류브.

총인구가 31만 명에 달하는 도시로, 도시 전체가 20미터의 높은 성벽으로 둘러싸여 있었다.

'하지만 제국의 수도치고는 규모가 작군. 뱅가드에 비해 크

기도 작고 인구도 적다.'

그것은 도시의 서쪽에 자리 잡은 레비의 대신전의 횡포 때문이었다. 대신전은 류브에 거주할 수 있는 인간에게 엄격한 기준을 두어, 그것을 통과하지 못한 국민들에겐 거주권을 몰수해 버렸다.

그 탓에 류브는 레비에 대한 신앙심을 '물질적'으로 표현할 수 있는 부유층이나, 혹은 부유하지 않더라도 가진 재산 전부를 신전에 기부할 만큼 '격렬한' 신앙심을 가진 자들만이 사는 괴상한 도시가 되었다.

"벌써 새벽 4시입니다. 어떻게 하실 생각입니까, 팀장님?"

톰멘이 초조하게 물었다. 다른 네 명의 팀원들도 긴장된 눈으로 날 바라보았다.

크로니클이 고용한 다섯 명의 용병.

그리고 나까지 여섯 명이 레비의 대신전을 공략하는 데 동원된 A팀의 전부다.

반면 이곳으로부터 200㎞ 떨어진 곳에 있는 지구인 수용소를 해방하는 B팀의 인원은 총 319명이었다.

사실상 나를 제외한 모든 핵심 인물은 B팀에 속해 있다.

크로니클 소속인 멀티렌과 블룸은 물론, 파비앙 왕자가 보낸 흑룡기사단의 기사 두 명까지 B팀에 들어갔다.

거기에 워울프인 규호는 물론, 빅터와 커티스 같은 지구인 동료들까지 전부 그쪽에 투입됐다.

인력의 대부분이 B팀에 속한 이유는 크게 두 가지였다.

하나는 A팀에 내가 있다는 것.

또 하나는 그만큼 B팀이 해야 할 일이 복잡하다는 것이다.

B팀은 단순히 적과의 싸움만 해서는 안 된다. 그들은 세뇌당한 지구인들의 안전을 확보하며 동시에 탈출까지 이어가야한다.

문제는 세뇌에서 막 풀려난 지구인이다.

그들은 대체 어떤 반응을 보일까?

'지구인의 눈으로 보면 자유 진영의 인간이나 신성제국의인간이나 모두 똑같은 레비그라스인으로 보일 테지······.'

그래서 빅터나 커티스 같은 지구인들의 역할이 중요했다.

그들은 총 120명의 지구인 전담 부대를 이끌며, 혼란스러울지구인들을 무사히 1번 거점까지 퇴각시킬 막중한 임무를 맡고 있었다.

덕분에 그들 모두 '지구식 복장'을 지급받았다.

나는 검은 정장을 쫙 빼입은 120명의 남자들이 지구인들을안심시키는 광경을 상상하며 헛웃음을 지었다.

'아무튼 잘돼야 할 텐데… 과연 지구인들이 반항하지 않고전담 부대의 통솔에 따라줄까?'

"저… 팀장님?"

톰멘이 불안한 얼굴로 재촉했다. 그는 1단계 소드 익스퍼트의 전사로, 자유 진영의 루블레스 왕국에서 귀족들의 호위 같은 일을 맡는 고급 용병이었다.

반면 그를 제외한 네 명의 용병은 전부 3단계 오러 유저였
다. 나는 고개를 저으며 낮은 목소리로 말했다.

"죄송합니다. 잠시 B팀의 일을 걱정하고 있었습니다."

"B팀은 저희 A팀이 작전을 성공하지 못하면 작전 자체를 진
행할 수 없습니다. 먼저 지구인의 세뇌가 풀려야 하니까요. 그
리고 A팀의 모든 작전은 팀장님의 결정에 달려 있습니다. 어떻
게 할까요, 성도에 잠입한 이후에?"

"일단 작전 경과를 다시 한 번 간략하게 설명해 주십시오."

당연히 알고 있지만 일부러 명령했다. 톰멘은 심호흡을 하
며 고개를 끄덕였다.

"A팀의 작전은 금일 새벽 4시에 시작됩니다. A팀의 목표는
단순합니다. 새벽 6시 전에 레비의 대신전에 있는 세뇌 신관을
전부 제거하는 것입니다. 그것을 달성하기 위한 모든 세부적
인 작전은 전부 팀장님의 판단에 달려 있습니다."

"그럼 B팀은?"

"B팀은 금일 새벽 6시부터 작전이 시작됩니다. 먼저 포위 팀
이 수용소의 전 방위에 퍼집니다. 그다음 진입 팀이 수용소의
신관들을 기습합니다. 마지막으로 지구인 담당 팀이 지구인들
을 통솔해서 2번 거점으로 퇴각합니다."

2번 거점은 사막의 중심부에 있는 1번 거점과 지구인 수용
소의 중간 지점에 위치했다. 나는 맵온을 열어 2번 거점을 확

인하며 고개를 끄덕였다.

"A팀의 작전이 끝나면 여러분은 모두 3번 거점으로 퇴각해 주십시오. 저는 2번 거점으로 이동하겠습니다."

반대로 3번 거점은 류브와 1번 거점의 사이에 위치했다. 톰멘은 의아한 표정을 지으며 물었다.

"상관은 없습니다만, 어째서입니까?"

"2번 거점의 텔레포트 게이트가 하루에 보낼 수 있는 인간의 숫자는 최대 150명입니다. 확보한 지구인과 B팀을 전부 보내려면 최소 사흘이 필요합니다. 그리고 시간이 지나면 지날수록 전력이 약해질 테니, 제가 가서 마지막까지 2번 거점을 지킬 생각입니다."

"하지만 여기서 2번 거점까지 거리가 엄청난데⋯ 괜찮으시겠습니까?"

성도 류브와 2번 거점까지는 못해도 150㎞ 이상 떨어져 있다.

하지만 3단계 소드 익스퍼트의 힘과 체력이 있다면 150㎞ 정도는 3시간 이내에 주파할 수 있다. 나는 괜찮다는 듯 고개를 끄덕이며 말했다.

"그러니 여러분들은 3번 거점의 마법사들에게 절 기다리지 말고 퇴각하라고 말씀해 주십시오. 그리고 지금부터 레비의 대신전 습격 작전을 설명합니다."

나는 고개를 돌려 류브의 성벽을 바라보며 말했다.

"작전은 없습니다."

"네?"

다섯 명이 동시에 경악했다.

나는 미리 꺼내놓은 수십 병의 농축 마력 회복 포션을 내려다보며 말했다.

"여러분들이 해야 할 작전은 없다는 말입니다. 류브에 잠입하는 것도, 레비의 대신전을 습격하는 것도, 세뇌 신관들을 제거하는 것도 전부 제가 하겠습니다."

"아니, 하지만……."

"다섯 분 모두 여기서 8시까지만 기다리고 계십시오. 제가 8시 이전까지 돌아오면 계획대로 퇴각하면 되고, 돌아오지 않는다면 최대한 빨리 3번 거점으로 퇴각해서 제가 돌아오지 않았다고 보고해 주십시오. 아시겠습니까?"

그건 부탁이 아닌 명령이었다.

다섯 명의 팀원은 당황한 얼굴로 한참 동안 날 바라보았다. 나는 손목에 찬 시계를 바라보며 작은 목소리로 말했다.

"벌써 새벽 4시 5분이군요. 그럼 먼저 물의 검사부터 만들어놓겠습니다."

"네? 물의… 검사요?"

"일종의 정령 같은 겁니다. 제가 작전을 마치고 여기까지 퇴각했을 때 추격하는 적이 있다면… 대신 시간을 끌어줄 겁니다."

그러고는 마음속으로 소리쳤다.

'아쿠렘의 검!'

그러자 내 근처에 대량의 물이 생성되며 뭉치기 시작했다. 그러자 다섯 명의 용병이 펄쩍 뛰며 뒤로 물러났다.

"이게 뭡니까!"

"말씀드렸다시피 물의 정령입니다. 그리고 놀라긴 아직 이릅니다."

나는 마음속으로 또다시 아쿠렘의 검을 외쳤다.

연속해서 15번을.

그러자 사방 30여 미터의 공간에 일정한 간격으로 대량의 물 덩이들이 뭉치기 시작했다.

쉬이이이이이이이이익!

순식간에 총 16명의 검사가 만들어졌다.

소모된 마력은 총 800.

하지만 이 모두는 미리 꽉 채워놓은 아쿠렘의 금고에서 빠져나갔다. 나는 보유한 마력을 아쿠렘의 금고로 전부 옮긴 다음, 바닥에 늘어놓은 농축 포션을 열심히 뜯어 마시기 시작했다.

"이건 대체……."

용병들은 당황한 기색을 감추지 못했다. 나는 아쿠렘의 금고와 스스로의 마력까지 완벽히 회복한 다음 명령했다.

"너희 모두 지금부터 이곳에서 대기한다."

그러자 16명의 검사가 동시에 대답했다.

─알겠다.

"그럼… 지금부터 작전을 시작하겠습니다."

나는 용병들에게 선언한 다음, 곧바로 류브의 성벽을 향해 질주하기 시작했다.

아직 동이 트지 않아 새벽은 어스름했다.

그리고 눈앞의 성벽은 단단해 보였다. 나는 오러를 발동시키며 20미터에 달하는 성벽을 단 한 번의 도약으로 뛰어넘었다.

*   *   *

내가 진입한 곳은 류브의 서남쪽 성벽이다.

마침 성벽 위에는 새벽 순찰을 돌던 두 명의 병사가 하품을 하고 있었다.

촥!

한 번의 칼질로 두 병사를 네 조각으로 만들었다.

그리고 잘린 병사들의 피가 바닥에 흐르기도 전에 곧바로 성벽 위를 도약해 반대편으로 뛰어내렸다.

성벽 안쪽으로.

착지 순간, 일부러 필요 없는 낙법까지 하며 최대한 소리를 줄였다. 그리고 맵온을 참조하며 지도에 표시된 대신전을 향해 일직선으로 달리기 시작했다.

거리는 조용했다.

'뱅가드였다면 벌써부터 아침 장사를 하기 위해 가게들이 분

주했을 텐데…….'

분명 맵온으로는 인간들의 붉은 점이 표시되고 있었다. 하지만 그들 중 누구도 움직이고 있지 않았다.

그때, 마친 눈앞의 사거리를 돌아 나오는 경비병들이 보였다.

새벽 순찰을 하고 있던 여섯 명의 제국 병사들.

그들 모두의 운명은 내가 스쳐 지나간 찰나의 순간에 결정되었다.

나는 칼끝에 묻은 피를 가볍게 털며 계속 달렸다.

그렇게 5분을 전력 질주 하자, 드디어 맵온에 붉은 점이 사라진 구역으로 진입할 수 있었다.

'여기부터 대피 구역인가?'

이미 며칠 전부터 맵온을 통해 확인했다. 우주 괴수가 버티고 서 있는 곳을 중심으로, 사방 10여 km에 있는 모든 인간이 다른 곳으로 피신한 상태다.

'좋아, 이대로만 가면…….'

나는 맵온에 떠 있는 수백 개의 붉은 점을 노려보았다.

바로 저게 레비의 대신전이다.

그리고 피난 구역에서 유일하게 인간들이 남아 있는 공간이었다.

그런데 대신전의 서쪽으로 1km쯤 떨어진 곳에 다섯 개의 붉은 점이 보였다.

'뭐지? 왜 인간들이 저기 있는 거지?'

대신전을 제외하고는 말 그대로 텅 빈 구역이다. 나는 곧바로 마음속으로 외쳤다.

'공허 합성체!'

그러자 지도에 붉은 점이 사라지며, 대신 검은 점 하나가 덜렁 나타났다.

대신전의 서쪽으로 약 4㎞ 떨어진 장소.

그리고 바로 그 순간, 검은 점이 빠른 속도로 움직이기 시작했다.

바로 대신전이 있는 동쪽으로.

'뭐지?'

나는 입술을 깨물며 달리는 속도를 늦췄다.

그것은 이해할 수 없는 현상이었다. 지난 사흘 동안, 우주 괴수를 나타내는 검은 점이 어딘가로 이동한 적은 단 한 번도 없었다.

'왜 갑자기 이동하는 거지?'

생각할 수 있는 것은 방금 확인했던 다섯 개의 붉은 점뿐이다. 나는 눈살을 찌푸리며 지도에 다시 인간을 표시했다.

'움직이고 있다……'

바로 그 다섯 개의 붉은 점 역시 동쪽으로 조금씩 움직이고 있었다.

'이것들이 지금 우주 괴수를 유인하고 있는 건가?'

하지만 그것도 이상하다.

이대로 계속 유인하면 우주 괴수는 자연스럽게 대신전을 덮치게 된다.

　덕분에 나는 완전히 걸음을 멈췄다.

　이것은 전혀 예상치 못한 일이었다. 나는 약 20초 동안 인간과 우주 괴수를 번갈아 표시하며 지도를 노려보았다.

　'이러다 정말 대신전을 덮치겠는데? 잠깐, 그렇게 되면…….'

　그리고 생각이 거기까지 닿은 순간, 나는 전력으로 대신전을 향해 질주하기 시작했다.

　누가 저러는지도 모르고, 어째서 저러는지도 모른다.

　문제는 우주 괴수의 위협이 현실로 다가올 경우, 대신전에 있을 세뇌 신관들이 도망칠지도 모른다는 것이었다.

　'그건 안 돼!'

　그렇다면 나는 더 빨리 대신전에 도착해야 했다.

　멍하니 보낸 20초가 피눈물 나게 아까울 정도로, 상황은 지독하게 촉박했다.

＊　　　＊　　　＊

　"좋아. 잘하고 있어. 좀 더 끌어오라고."

　엑페는 멀리서 일어나는 흙먼지를 보며 미소를 지었다.

　그녀는 나이 든 노파의 팔에 몸을 맡긴 채 밤하늘에 떠 있었다. 노파는 바로 아래 있는 레비의 대신전을 내려다보며 말했다.

"엑페 님, 정말 여기서 저 괴물과 싸우실 겁니까?"

"이제 와서 무슨 소리니? 이시테르. 너도 레비는 질색이라고 하지 않았니?"

노파는 제국의 양대 아크 위저드 중 한 명인 이시테르였다. 이시테르는 한숨을 내쉬며 엑페에게 말했다.

"물론 질색입니다. 그래도 대신전은 제국의 한 축을 맡고 있는 큰 세력입니다. 여기서 허무하게 박살 나면 장래 제국에 어떤 영향을 끼칠지……."

"무슨 상관이야. 대신전이 무너진다고 함께 무너질 제국이라면 차라리 여기서 망해 버리는 게 낫단다. 안 그러니?"

노파는 한숨을 내쉬며 고개를 저었다.

"어차피 무너질 거라면… 부디 그 꼴 안 보고 죽었으면 좋겠군요."

"어머, 너무 비관적인 거 아니야? 유메라도 오늘내일하는데, 너까지 이러면 제국이 자랑하는 아크 메이지 자매가 어떻게 되겠어?"

"저도 이제 다 늙어빠진 노파입니다. 엑페 님처럼 언제까지나 젊음을 누리는 게 이상한 일이지요."

"나야 워낙 특별하니까. 그런데 대신관도 이상하게 젊지 않나? 뭔가 수상한 약을 쓰는 모양인데, 너도 가서 좀 달라고 하지 그랬어?"

"그렇게까지 하면서 장수할 생각은 없습니다. 엑페 님만큼은 아니라도… 저 역시 대신전은 질색이니까요."

이시테르는 고개를 저으며 말했다.

"그자들이 루도카에게 한 짓을 생각하면… 그래서 이렇게 엑페 님의 억지를 들어드리고 있는 겁니다. 세상에, 아크 위저드를 불러내서 한다는 소리가 자기 좀 하늘에 띄워달라니… 제가 무슨 풍선입니까?"

"풍선이 어때서. 그러고 보니 이시테르, 너도 차원경 좀 보나 봐?"

"네?"

"어떻게 풍선을 알고 있어?"

"그건……."

레비그라스에, 특히 신성제국에 풍선 같은 게 존재할 리 없다. 이시테르는 머쓱한지 입을 다물었고, 엑페는 한쪽 어깨를 으쓱이며 허리에 찬 칼을 뽑아 들었다.

"뭐, 아무럼 어떠니. 됐으니까 좀 이따가 신호하면 떨어뜨려 주려무나."

"알겠습니다. 저는 어떻게 도우면 되겠습니까?"

"돕지 마."

엑페는 눈을 가늘게 뜨며 말했다.

"너는 여기서 그냥 구경하고 있으렴. 아, 그렇지. 다 끝나면 오랜만에 너희 집에 놀러 갈까? 여전히 그 폭포 근처에 살고 있지? 에델가 폭포?"

"어쩌면 당신은 이런 순간에도……."

이시테르는 한숨으로 답했다. 엑페는 점점 다가오는 흙먼지를 보며 허리에 찬 칼을 움켜쥐었다.

그런데 그때, 뭔가 다른 게 느껴졌다.

"뭐지?"

엑페는 고개를 옆으로 틀었다.

대신전의 남쪽으로 무언가 엄청난 속도로 질주해 오고 있었다.

어둠 속에서 진한 빛을 번쩍이면서.

"남색 오러?"

그것은 3단계 소드 익스퍼트였다. 엑페는 고개를 갸우뚱거리며 중얼거렸다.

"설마 블랑크인가? 걔는 필요 없다니까 왜 또……."

그 순간, 엑페의 입이 떡 벌어졌다.

*   *   *

레비의 대신전은 상상했던 것보다 훨씬 거대했다.

하지만 맵온이 있는 이상 목표를 잃을 염려는 없다. 나는 박 소위가 알려준 대신전의 중심에 있는 둥그런 방을 향해 뛰어올랐다.

그리고 단숨에 2층 벽을 박살 내며 안으로 진입했다.

콰과과과과과과광!

벽을 뚫고 난입한 그곳은 지름이 100미터쯤 되는 원형의 거대한 방이었다.

일명 텔레포트 룸.

사방에 텔레포트 게이트가 설치되어 있었고, 게이트 하나당 두 명의 신관이 의자를 가져다 놓고 앉아 있었다.

'모두 30명이다.'

그리고 동시에 열네 발의 마법이 내 쪽으로 쏟아졌다.

불, 냉기, 바람 등의 하급 마법.

아무래도 그 시간까지 깨어 있던 신관이 열네 명이었던 모양이다. 나머지는 퍼뜩 잠에서 깨며 뒤늦게 공격 마법을 준비하기 시작했다.

물론 쓸데없는 짓이었다.

나는 마법이 맞든 말든 전혀 개의치 않은 채, 오직 최단거리를 질주하며 30명의 신관을 전부 도륙했다.

방이 넓어서 그런지 약 8초쯤 걸렸다.

청소를 끝내자 한쪽 구석에 아래층으로 연결된 계단이 보였다.

하지만 나는 계단을 통해 내려갈 생각이 전혀 없었다. 대신 총 여섯 발의 컴팩트 볼을 텔레포트 룸의 전 방위로 집어 던졌다.

콰과과과과과과과과광!

공간 전체가 심하게 요동치며 흔들린다.

그리고 나는 방의 정중앙에 선 채 노바로스의 강화까지 발동시키며 바닥을 향해 주먹을 내리 꽂았다.

콰지지지지지지직!

그러자 텔레포트 룸 전체가 무너져 내렸다.

텔레포트 게이트가 남아 있으면 누군가 이쪽으로 도망쳐서 사용할지 모른다.

그래서 공간 자체를 파괴했다.

"뭐야, 이거!"

"우와아아아악!"

"무, 무너진다!"

마침 아래층에서 올라온 신관들이 붕괴에 휩쓸리며 도로 추락했다.

그 탓에 온 사방이 돌 부스러기와 먼지로 가득했다.

"뭐, 뭐냐!"

"습격이다! 적의 습격이야!"

"어서 빨리 하이 템플러를 모셔와!"

"아아아악! 내 다리가!"

뿌연 혼돈 속에서 비명과 고함이 속출했다.

그리고 나는 맵온에 표시된 붉은 점을 확인하며 주변의 인간들을 하나씩 제거하기 시작했다.

적의 힘을 걱정할 필요는 없다. 어차피 대부분의 인간은 나보다 약할 테니까.

내가 주의할 것은 오직 보라색 오러를 가진 존재뿐이었다.

그때 맵온에서 몇 개의 붉은 점이 빠르게 접근했다.

"누가 감히 빛의 신의 전당을 더럽히느냐!"

그리고 눈앞에 녹색과 파란색의 빛이 번뜩였다. 나는 가볍게 몸을 틀며 날아오는 컴팩트 볼을 피했다.

콰과과과과과과과과과광!

목표를 잃은 컴팩트 볼이 뒤쪽의 벽에 충돌하며 폭발을 일으켰다. 나는 정면의 적을 향해 주저 없이 몸을 날렸다.

'1단계 소드 익스퍼트 둘, 그리고 2단계 소드 익스퍼트 하나.'

세 명 모두 기사의 갑옷에 신관의 모자를 쓰고 있었다.

'하이 템플러군.'

나는 별다른 감흥을 느끼지 못했다. 그저 기계적으로 가까운 곳에 있는 적부터 순서대로 베어 나갈 뿐이었다.

적들은 3단계 소드 익스퍼트에 정령왕의 강화가 더해진 내 힘을 당해내지 못했다.

"뭐, 뭐가 이렇게 빨라……."

마지막 하이 템플러는 목이 베어 날아가면서도 중얼거렸다. 동시에 뒤쪽에서 수십 발의 파이어 볼이 동시에 날아왔다.

콰과과과과과과과과과광!

마법을 쓰는 신관들이 대열을 갖춰 동시에 마법을 날린 것이다.

'이런 혼란 속에서 이렇게 단합된 움직임을 보이다니…….'

나는 감탄과 동시에 신관들을 향해 몸을 날렸다.

"으아아아악!"

"오, 온다!"

"흩어져!"

뭉쳐 있던 신관들은 비명을 지르며 산개하기 시작했다.

하지만 마법사 20명이 산개하는 속도보다 내가 그들 전부를 베어버리는 것이 훨씬 빨랐다.

그걸로 대신전 1층의 적들은 거의 정리되었다. 나는 맵온을 통해 대신전에 남은 붉은 점들의 움직임을 주시했다.

현재 이곳에 남은 인간의 숫자는 201명이다.

대부분이 우왕좌왕하는 가운데, 약 120명이 일정한 공간에서 움찔거리고 있었다.

바로 내가 서 있는 그 자리였다.

'지하에 있는 세뇌 신관이다.'

맵온에는 지하로 통하는 계단이 모두 네 개로 확인됐다.

그중 두 개는 2층이 붕괴되며 매몰된 상태였다. 나는 근처에 있는 온전한 계단을 찾은 다음, 안쪽을 향해 세 발의 컴팩트 볼을 연속으로 집어 던졌다.

콰과과과과과과광!

단박에 계단이 무너지며 흙먼지가 솟구쳤다.

하지만 이걸로는 안심할 수 없다. 나는 곧바로 세 마리의 물 정령을 뽑아내며 소리쳤다.

"지금부터 이 계단을 사수한다! 만약 누군가 위로 올라오면 공격해서 죽여!"

그리고 나는 유일하게 온전히 남은 계단을 향해 달리기 시작했다.

• 75장 •
혼전

마침 두 명의 신관이 계단 위로 올라오고 있었다.

착!

나는 단숨에 두 신관의 목을 쳐 날린 다음, 시체가 쓰러지기도 전에 계단 아래쪽으로 몸을 던졌다.

지하 구조는 일종의 감옥 같았다. 넓은 복도의 좌우로 수십 개의 방이 촘촘하게 늘어서 있다.

이미 수십 명의 신관이 복도에 나와 있고, 그 와중에도 방문이 계속 열리며 신관들이 뛰쳐나오고 있었다.

'검은색?'

신관들은 보통 흰색의 신관복을 입는다.

특히 빛의 신인 레비의 신관은 더더욱 하얀색의 옷을 입는다.

하지만 튀어나오는 신관들은 모두 새카만 신관복을 입고 있었다. 나는 시험 삼아 가장 앞에 있는 신관을 스캐닝했다.

이름: 알킨 도르프
레벨: 7
종족: 레비그라스인

기본 능력
근력: 25(83)
체력: 15(80)
내구력: 14(70)
정신력: 7(23)
항마력: 21(149)

특수 능력
오러: 0(0)
마력: 43(161)
신성: 0(0)
저주: 0(0)
각인: 언어(하급), 맵온(하급)
마법: 바람(7종류), 냉기(3종류), 특수(1종류)

특수 효과: 정신 속박(시전)

마법에 표시된 '특수'.

그리고 '특수 효과' 항목이 눈에 띈다.

그때 신관이 소리를 지르며 달려들었다.

"우와아아아아악!"

나는 신관의 목덜미를 가볍게 낚아채며 속삭였다.

"10초만 가만히 있어라."

그리고 새로운 단어들에 의식을 집중했다.

[특수 ― 레비그라스에 존재하지 않는 마법의 형태]

[정신 속박 ― 목표의 정신을 속박한다. 조건은 목표 대상을 자신의 힘만으로 직접 제압해야 한다. 시전자는 효과를 유지하는 동안 기본 스텟이 대폭 저하된다.]

'이놈이 바로 세뇌 신관이군.'

나는 곧바로 손아귀를 움켜쥐었다.

꽈득!

목뼈가 부러진 신관의 몸이 축 늘어졌다. 나는 죽은 신관을 바닥에 떨어뜨리며 정면을 노려보았다. 이미 백 명이 넘는 신관들이 복도로 몰려나온 상태였다.

"도망쳐!"

"이쪽이다!"

"아니, 막혔어! 계단이 무너졌다!"

신관들은 우왕좌왕하며 출구를 찾아 헤맸다. 하지만 지하에서 빠져나갈 수 있는 유일한 통로는 바로 내 등 뒤에 있는 계단뿐이었다.

*　　　*　　　*

"슬슬 동이 틀 거 같은데?"

규호가 하늘을 올려다보며 중얼거렸다. 함께 있던 빅터는 크로니클에서 지급받은 손목시계를 보며 말했다.

"아직 4시 반밖에 안 됐다. 시간이 꽤 남았어. 벌써부터 조급해하지 마라."

"으, 지루해 죽겠네. 빨리 확 덮쳤으면 좋겠는데 말이야."

멀리 보이는 지구인 수용소는 아직 완전한 어둠에 덮여 있었다. 규호는 이빨을 드러내며 으르렁거렸다.

"망할 놈들. 내가 전부 찢어 죽여 버릴 거야. 저기 있는 놈들이 지구인을 납치해서 세뇌하고 수련시켜서 지구로 보낸 거지?"

"아직 지구로 보내진 않았지만… 그랬다고 하더군. 너한테는 이미 과거형이겠지만."

빅터는 거대한 워울프를 향해 어깨를 으쓱였다. 규호는 씩 웃으며 고개를 끄덕였다.

"미래인데 과거지. 근데 아저씨, 그 양복 너무 작은 거 아냐? 꽉 끼어 보이는데?"

"그래. 약간 갑갑하네."

빅터는 넥타이를 손으로 만지며 대꾸했다. 크로니클이 지급한 정장은 디테일 면에서 아직 지구의 그것을 완벽히 재현하지 못했다.

"흑인이 검은 양복을 입으니까 위압감이 쩌네. 그래도 멋져. 나도 그 옷 입고 싸우고 싶은데, 사이즈가 큰 게 없더라고."

"너한테 맞는 사이즈가 어디 있겠냐? 재단사를 찾아가서 직접 맞추는 수밖에."

"이제 와서 돌아갈 수도 없고… 뭐, 그래. 나중에 진성이 형한테 부탁하지, 뭐. 그런데 저기 뭔가 번쩍번쩍거리는데?"

규호는 수용소가 있는 방향으로 손가락을 뻗었다. 빅터는 눈살을 찌푸리며 잠시 주시하다 입술을 깨물었다.

"이런, 큰일 났군."

"응? 큰일?"

"수용소에 잠입한 커티스의 신호다. 아무래도 주한이 예정보다 빨리 성공한 모양이야. 어이, 멀티렌 씨!"

빅터는 뒤쪽에서 작전 계획을 지시하고 있는 멀티렌을 향해 소리쳤다.

"신호가 왔어! 이미 세뇌가 풀리고 있는 모양이야! 예정보다 빠르네! 지금 바로 작전을 시작해야 해! 빨리!"

　　　　*　　　　　*　　　　　*

　그 어떤 미사여구로 포장해도, 살인은 결국 살인일 뿐이다.

　적어도 몇 분 전까지는 그렇게 생각했다.

　하지만 지금은 달랐다. 눈앞에 널브러진 백 여구의 시체는 내게 깊은 만족감과 행복을 가져다 줬다.

　이제 더 이상 지구는 고통받지 않을 것이다. 적어도 레비그라스 차원의 귀환자에 의해서는……．

　"예정보다 좀 빠르나?"

　나는 시계를 보며 중얼거렸다.

　수용소를 맡은 B팀이 걱정됐다.

　하지만 여기서 그들을 위해 내가 할 수 있는 일은 단 하나뿐이었다.

　세뇌 신관을 전부 제거하는 것.

　바로 그것을 마무리 짓기 위해 나는 몸을 돌리며 피비린내 가득한 지하를 빠져나왔다.

　그리고 그때, 갑옷을 입은 세 명의 신관이 막 계단을 통해 지하로 달려들었다.

　'하이 템플러군.'

　"……．"

　그들은 황급히 멈추며 경악했다.

"이 무슨 참혹한 짓을!"

가장 앞에 있는 젊은 신관이 소리쳤다.

오러의 색만 봐도 다른 두 명보다 지위가 높아 보인다. 하지만 정작 나이는 가장 젊어 보이는 게 특이했다.

"천벌이 내릴 거다! 빛의 신께서 네놈을 가만두실 것 같으냐!"

"아마도."

나는 짧게 대꾸했다.

동시에 좌우에 있던 두 명의 다른 신관이 미리 만들던 오러의 공을 집어 던졌다.

우우우우웅!

2단계 소드 익스퍼트가 날린 두 개의 컴팩트 볼.

하지만 그것이 목표에 명중할 일은 없었다. 나는 두 발의 컴팩트 볼 사이를 스치듯 지나며 적들을 향해 육박했다.

컴팩트 볼을 던진, 좌우에 있는 중년의 신관은 2단계 소드 익스퍼트다.

그리고 가운데 있는 젊은 신관은 3단계 소드 익스퍼트다. 과거에 싸웠던 블랑크와 같은 등급이지만, 지금 내겐 과거만큼 위협적인 존재가 아니었다.

나는 녀석의 정면에서 수직으로 칼을 내리 그었다. 젊은 신관은 오러 소드를 전개하며 내 공격을 받아냈다.

파지지지지지지지직!

맹렬한 파열음과 함께, 신관이 무릎을 꺾으며 주저앉았다.

"······?"

이 무슨 말도 안 되는 힘이지?

신관은 표정으로 그렇게 말하고 있었다. 동시에 양옆에서 두 명의 신관이 한 박자 늦게 반응하며 칼을 휘둘렀다.

'느리군.'

나는 일부러 아슬아슬한 순간까지 기다린 다음, 한 번에 몸을 뒤로 빼며 적의 공격을 피했다.

파직!

두 개의 칼이 아슬아슬하게 서로를 스치며 허공을 가른다.

그리고 나는 다시 앞으로 치고 나가며 찌르기를 날렸다.

막 교차한 두 자루의 칼 사이로.

"큭!"

젊은 신관은 왼팔로 몸을 가리며 급하게 오러 실드를 전개했다.

우우우웅!

하지만 무의미했다. 내 칼은 신관의 방패를 한 번에 박살 내며 왼팔을 빠르게 파고들었다.

푸확!

그리고 칼끝을 꺾자, 신관의 팔과 함께 상반신이 비틀리듯 꺾이며 몸이 돌아갔다.

"라크돈 님!"

"이놈이 감히!"

동시에 허공을 갈랐던 두 신관의 칼이 재차 날아왔다. 나는 몸 전체로 젊은 신관을 찍어 누르며 오러를 분출시켰다.

그리고 폭발시켰다.

콰과과과과과과과광!

동시에 좌우의 신관이 폭발에 밀리며 양쪽 벽에 처박혔다.

그에 반해 내가 직접 찍어 누르던 젊은 기사는 남색 오러를 번쩍이며 문제없다는 듯 버텨냈다.

"이깟 오러 브레이크 따위……."

신관은 이를 갈며 억지로 몸을 일으켰다.

여전히 왼팔에는 내 칼이 박힌 상태로, 빠득거리며 이를 갈고 있었다.

하지만 내 힘이 부족한 건 아니다. 그저 3단계 소드 익스퍼트가 전력으로 내는 힘과 내구력을 확인하고 싶었을 뿐.

그리고 충분히 확인한 다음 확신했다.

'이 정도군. 지금 내 상대는 아니다.'

그리고 팔을 당기며 칼을 뽑아냈다.

푸확!

동시에 신관의 몸이 내 쪽으로 훅 쏠렸다. 나는 기다렸다는 듯이 지면을 박차며 적의 턱에 무릎을 날렸다.

뿌직!

그 일격으로, 적의 머리가 몸에서 뽑혀 날아가 천장에 처박히며 박살 났다.

콰직!

동시에 붉은 선혈과 뇌수가 바닥으로 쏟아졌다.

'이런……'

예상보다 훨씬 참혹한 결과였다. 나는 속으로 탄식하며 양옆의 벽에 처박힌 다른 두 신관부터 처리했다.

촤!

촤악!

이미 반쯤 죽어가는 상태라 별다른 감흥은 없었다. 나는 곧바로 머리 없는 신관의 시체를 뛰어넘으며 계단을 향해 달리기 시작했다.

'혹시 모르니 준비를 해둬야겠군.'

맵온을 켜자 사방에서 붉은 점이 모여드는 것이 보인다. 나는 개의치 않고 거침없이 대신전의 1층으로 뛰어올랐다.

그와 동시에 계단 위에서 기다리고 있던 신관들이 사방에서 몸을 날렸다.

"지금이다!"

"덮쳐!"

말 그대로 온몸을 사용해 덮쳐 왔다. 하지만 기껏해야 3단계 오러 유저였기 때문에 전혀 위협이 되지 못했다.

촥!

촤악!

푸확!

한 번의 칼질로 두세 명의 신관이 동시에 베어 넘어갔다.

하지만 적들의 무모한 공격은 그 자체로 시간을 끌기 위한 수단에 불과했다. 내가 열세 명째의 신관을 벤 순간, 사방에서 새빨간 불덩어리가 폭우처럼 쏟아지기 시작했다.

"전원 공격!"

"공격해! 마법을 쏟아내라!"

"빛의 신께 경배하라!"

"마력이 다할 때까지 파이어 볼을 쏟아부어!"

그것은 총 45명의 마법 신관이 동원된 일점 집중 공격이었다.

그 짧은 사이에 대신전에 주둔해 있던 신관들이 집결해서 대열을 갖춘 채 반격의 기회를 노리고 있던 것이다.

'대단하군. 먼저 몸을 날렸던 신관들의 개죽음은… 단지 마법 신관들이 영점을 조준할 수 있는 시간을 벌어주기 위해서였나?'

그리고 나는 그들의 빠른 판단과 희생정신과 행동력에 감사했다.

고맙게도 일부러 찾아다닐 수고를 덜어줬다.

물론 지하에 있던 세뇌 신관은 전부 죽였다.

하지만 그들이 세뇌 신관의 전부라고는 확신할 수는 없다.

결국 후환을 남기지 않기 위해선, 대신전에 존재하는 '모든 인간'을 한 명도 남김없이 제거해야만 했다.

콰과과과과과과과과과과과광!

쏟아지는 불덩어리는 도저히 멈출 기색을 보이지 않았다.

하지만 그들이 어떤 화염계 마법을 쓴다 해도, 결국 내가 다루는 정령왕의 힘을 뚫는 것은 불가능했다.

노바로스의 방벽.

방벽이 유지되는 시간은 10초였다.

그리고 신관들의 맹렬한 집중 공격 탓에 약 6초 만에 소멸해 버렸다.

그래서 나는 한 번 더 방벽을 사용했다.

그리고 한 번 더 사용하려고 할 때, 가까스로 쏟아지는 불덩어리가 사그라졌다.

'엄청난 열기군.'

방벽이 사라진 순간, 수백 발의 파이어 볼이 만들어낸 열기가 사방에서 쏟아졌다.

하지만 이 정도는 3단계 소드 익스퍼트의 기본 항마력만으로 충분히 커버할 수 있다. 나는 흙먼지와 아지랑이로 뿌옇게 된 공간을 헤치며 앞으로 나섰다.

사실 그전에 피할 수도 있었다.

처음 쏟아진 수십 발의 파이어 볼을 막아낸 직후에, 곧바로 몸을 날리며 적의 직격을 피하는 것도 충분히 가능했다.

하지만 그렇게 하지 않은 이유는 적들이 보유한 모든 마력을 남김없이 쏟아내게 하기 위해서다.

'괜히 하늘로 날아서 도망치기라도 하면 귀찮아지니까.'

하지만 쓸데없는 걱정이었다.

신관들은 마력을 전부 써버린 다음에도, 결코 도망치지 않고 자신들의 신을 부르짖으며 맨몸으로 달려들었다.

"죽여라!"

"모든 걸 바쳐서 레비의 적을 제거하라!"

"지금이야말로 우리의 믿음을!"

덕분에 나는 대신전의 1층 홀에 집결한 45명의 마법 신관을 10초 만에 전부 제거할 수 있었다.

"이제 70명쯤 남았나……."

나는 시체 더미의 한가운데 선 채, 맵온의 붉은 점을 노려보았다.

넓은 대신전의 곳곳에 여전히 붉은 점들이 움직이고 있다. 나는 심호흡을 하며 진한 탄내와 먼지 냄새와 피비린내를 동시에 들이켰다.

'일단 대신전을 빠져나가 도망치는 인간은 없군.'

가장 많은 인간이 있는 곳은 지도상으로 북쪽에 위치한 별관 건물이었다.

나는 북쪽 벽에 주먹으로 직접 문을 만들며 대신전 본관을 빠져나왔다.

콰아아아아아앙!

그리고 그 순간, 서쪽에서 굉음이 울려 퍼졌다.

콰과과과과과과과과과광!

'뭐지?'

나는 반사적으로 고개를 돌렸다.

아직 새벽어둠이 짙게 깔린 그곳에는 밤보다 더 어두운 무언가가 우뚝 서 있었다.

'기어이 도착했나?'

나는 입술을 깨물었다.

우주의 공허를 지배하는 절대이며 허무의 주관자.

줄여서 우주 괴물이라고 한다.

결국 대신전에 도착한 녀석은 그 자리에 멈춘 채 길고 두꺼운 촉수를 뻗어 대신전 본관을 사정없이 두드리기 시작했다.

'어떻게 하지?'

불과 5초 만에 본관 건물의 20%가 이미 붕괴했다.

물론 내가 미리 설쳤던 덕분이기도 하지만, 어쨌든 대신전 본관이 무너지는 것은 시간문제였다.

그런데 그 순간.

"……."

우주 괴수의 시선이 내 쪽을 향했다.

물론 눈 따위 달려 있지 않은 괴물이다. 하지만 너무도 명확하게 적의 시선을 느낄 수 있었다.

그것은 결코 착각이 아니었다. 우주 괴수가 공격하던 대신전을 내버려 둔 채, 곧바로 내 쪽을 향해 움직이기 시작했기 때문에……

'망할!'

나는 속으로 욕지거리를 하며 전력으로 고민했다.

'이미 세뇌 신관들은 제거했다. 불안하긴 하지만 이대로 그냥 퇴각할까? 아니야. 만에 하나 아직 남아 있다면 B팀이 곤욕을 치르게 된다. 세뇌가 안 풀린 지구인도 위험하고, 그 지구인을 구하려는 팀원들도 위험해. 그럼 일단 저 우주 괴수부터 쓰러뜨려야 하나?'

하지만 우주 괴수와 싸우는 사이에 남은 신관들이 도망치기라도 하면 곤란하다.

그럼 어떻게?

무엇을 우선해서?

어떤 수단을 동원해서?

나는 이 모든 판단을 3초 안에 끝낸 다음, 마음속으로 소리쳤다.

'아쿠렘의 권속!'

그러자 눈앞에 새로운 문장이 나타났다.

[아쿠렘의 권속을 소환하기 위해 얼마큼의 마력을 사용하시겠습니까? 단위는 100단위입니다.]

"팔 백!"

나는 입으로 소리쳤다. 그것은 아쿠렘의 금고에 보관된 거의 모든 마력이다.

그러자 눈앞의 공간이 일렁거렸다.

정확히는 나를 중심으로 사방 수백 미터의 공간 전체에 물방울이 맺히기 시작했다.

동시에 그 모든 물방울이 하나로 집결했다.

푸화아아아아아아아악!

뭉치는 기세가 어찌나 맹렬한지, 달려오던 우주 괴수가 순간적으로 멈춰 설 정도다.

그렇게 어둠 속에서 거대한 드래곤이 탄생했다.

머리부터 꼬리까지의 길이는 약 30미터.

두꺼운 네 발로 육중한 몸을 지탱하고 있으며, 등에는 날렵하고 단단해 보이는 두 장의 날개가 돋아 있다.

물론 이 모든 것이 압축된 물로 만들어져 있다. 드래곤은 자신의 탄생을 자축하기라도 하듯, 긴 목을 하늘로 치켜세운 채 포효하기 시작했다.

―쿠오오오오오오오오오오!

그것은 엄청난 울림이었다.

하지만 정령의 소리였기 때문에 나밖에 듣지 못했을 것이다.

나는 대신전의 별관 쪽으로 천천히 움직이며 드래곤을 스캐닝했다.

이름: 최상급 물의 정령(드래곤)

종족: 정령, 군주

레벨: 16

특징: 물의 정령왕, 아쿠렘의 힘이 깃든 정령. 생성 직후 (8)분 동안 주인의 명령에 따른다.

근력: 800(800)

체력: 80(80)

내구력: 800(800)

정신력: 80(80)

항마력: 800(800)

특수 능력

오러: 0

마력: 800(800)

신성: 0

저주: 0

고유 스킬: 군주의 포효, 워터 브레스

마법: 물(8종류)

굉장히 알기 쉬운 스텟이다.

가능하면 좀 더 자세히 확인하고 싶었지만 시간이 없었다.
나는 별관을 향해 달리며 워터 드래곤을 향해 소리쳤다.

"우주 괴수를 상대로 싸워! 최대한 시간을 끌면서 버텨라!"

막상 내뱉고 나니, 꽤나 모호한 명령이라는 생각이 든다.

하지만 달리 어쩔 수가 없었다. 나는 맵온을 통해 별관의
붉은 점을 확인하며 어금니를 질끈 물었다.

'어차피 지속 시간이 8분밖에 안 되지만… 그래도 최소한
8분은 버텨줘! 제발!'

*　　　　*　　　　*

"3번 소대! 지구인 20명을 확보! 곧바로 퇴각합니다!"

"4번 소대! 임무 완료! 3번 거점에서 합류하겠습니다!"

지구인 담당 팀의 각 소대가 작전 현황을 알리며 퇴각했다.
수용소의 중앙 광장에 버티고 있던 블룸은 바로바로 고개를
끄덕이며 소리쳤다.

"임무 끝냈으면 빨리 퇴각해! 지구인들 다치지 않게 잘 모시
고! 혹시 발작을 일으키거나 패닉 상태로 의심되면 기절시켜서
라도 데려가!"

블룸은 수용소의 해방을 맡은 2번 팀 중에서도 지구인 담
당 팀을 맡고 있었다. 그는 거대한 방패를 위아래로 휘두르며
사방으로 흩어진 지구인 팀을 지휘했다.

그때 전방에서 화염이 솟구쳤다.

푸화아아아앙아악!

동시에 맹렬한 폭음과 함께 땅이 울렸다. 블룸은 주먹을 불끈 쥐며 중얼거렸다.

"제발 다들 무사해라……."

화염이 솟구친 곳은 다름 아닌 수용소를 관리하는 신관들의 숙소가 위치한 곳이었다.

이곳에는 약 120명의 지구인을 제외하고도, 총 1,400명이넘는 신관이 곳곳에 배치되어 있다.

물론 그중 대부분은 1, 2단계의 오러 유저였다. 하지만 그중엔 지구인들의 훈련을 맡거나, 수용소의 관리를 책임지는 강력한 신관들 역시 존재했다.

무엇보다 경계해야 할 것은 대신전의 무력 집단인 '하이 템플러'의 수장인 라크돈이었다. 그는 3단계 소드 익스퍼트로, 사실상 대신전이 보유한 가장 강력한 전사라고 해도 과언이아니었다.

물론 라크돈은 성도에 있는 대신전에 있을 가능성이 높다. 하지만 만약 이곳 수용소에 있다면 직접 전투를 담당한 '진입팀'은 전멸에 가까운 피해를 입을지도 모른다.

블룸은 초조함을 느끼며 발을 동동 굴렀다.

당장에라도 신관들의 숙소로 달려가 전투를 지원하고 싶었다.

하지만 그가 맡은 임무도 중요했다.

지구인 담당 팀에서 2단계 소드 익스퍼트는 팀장인 그 혼자 뿐이었다. 팀원들이 감당 못 할 일이 발생하면 즉시 그가 현장으로 달려가서 문제를 해결해야 했다.

"그 촐랑대는 워울프가 잘 싸워줘야 할 텐데……."

블룸은 규호를 떠올리며 심호흡을 했다.

규호는 자신이 속한 진입 팀은 물론이고 수용소 해방 팀인 B팀 전체에서 가장 강력한 존재였다.

만약 라크돈이나 그에 필적하는 적이 나타난다면 B팀은 전적으로 그에게 의지할 수밖에 도리가 없었다.

펑!

그때 멀리서 청색의 폭죽이 터져 올랐다.

그것은 '포위 팀'이 자신들의 첫 번째 작전을 성공했다는 신호였다.

지구인 수용소에 존재하는 텔레포트 게이트.

먼저 그것을 파괴하지 않고서는 적들이 외부로 도망치지 않도록 수용소를 포위하는 것은 전혀 의미 없는 짓이었다.

그때 광장 동쪽에서 누군가 소리를 지르며 달려왔다.

"팀장! 이쪽! 이쪽의 지원이 필요하다!"

블룸은 즉시 동쪽으로 달리며 소리친 남자를 반대로 추월했다.

"커티스잖아! 무슨 일이지?"

"2번 팀이 상급 노예 수용소를 발견했다!"

커티스는 즉시 방향을 꺾으며 블룸의 옆을 따라붙었다.

"그런데 지구인 중 한 명이 발작을 일으켰어! 주변에 있는 모든 걸 공격하고 있다!"

"세뇌가 풀린 건 확실하고?"

"미친 듯이 소리를 지르고 있으니 확실하다."

"능력은?"

"3단계 오러 유저. 동시에 마법을 쓴다. 확실하진 않지만 마법 쪽이 좀 더 강한 것 같아."

"골치 아프구만……."

블룸은 눈살을 찌푸렸다.

사실 그 정도 능력이라면 블룸의 상대가 아니었다.

문제는 상대를 죽지 않게 제압해야 한다는 것이다. 커티스는 200여 미터쯤 떨어진 곳에 보이는 3층 건물을 가리키며 말했다.

"저기다! 건물 앞에서 난동을 부리고 있어!"

"맡겨둬!"

블룸은 즉시 속도를 높이며 질주했다.

지금까지는 커티스에게 보고를 듣기 위해 적당히 달린 것뿐이었다. 그는 눈 깜짝할 순간에 건물에 육박한 다음, 사방으로 얼음덩어리를 뿌려대는 지구인을 포착했다.

"죽어! 다 죽어! 나가 버려! 내 머릿속에서 나가라고!"

목표는 30살쯤 되어 보이는 동남아계 남자였다. 블룸은 남자의 주변을 포위하고 있는 지구인 담당 팀을 향해 소리쳤다.

"비켜!"

그리고 지구인을 향해 방패를 날렸다.

'기회는 한 번이다.'

"뭐야!"

지구인은 양팔로 얼굴을 막으며 날아오는 방패를 막아냈다.

파지지지지직!

하지만 막는다고 막을 수 있는 힘이 아니었다. 그대로 뒤로 튕겨난 지구인은 뒤쪽에 있는 건물의 벽을 뚫으며 안쪽으로 날아갔다.

동시에 블룸도 건물 안으로 몸을 날렸다. 그는 바닥에 뒹굴고 있는 지구인의 명치를 향해 주먹을 내리꽂았다.

최대한 가볍게.

우직!

"쿠억!"

지구인은 단번에 입으로 피를 뿌리며 고개를 떨어뜨렸다. 블룸은 급하게 지구인의 생사를 확인한 다음 포효하듯 소리쳤다.

"내가 바로 캡틴 블룸이다!"

그러고는 건물 밖을 향해 다시 소리쳤다.

"여기 지구인 하나 확보했다! 빨리 챙겨서 퇴각해! 위장에

빵꾸 났을지도 모르니까 회복 마법 좀 써주고!"

그러고는 벽에 뚫린 구멍을 통해 도로 밖으로 뛰쳐나왔다.

그리고 그 순간, 먼 곳에서 다시 폭발이 일어났다.

콰과과과과과과과광!

그것은 불길한 울림이었다. 블룸은 그제야 현장에 도착한 커티스의 어깨를 움켜쥐며 소리쳤다.

"해결했어! 또 문제 생기면 바로 알리러 와! 당신은 가진 힘에 비해 묘하게 빠르니까!"

커티스는 고개를 끄덕였다. 하지만 블룸이 향한 곳은 원래 있던 광장이 아니었다.

*   *   *

대신전의 별관에는 총 62명의 신관이 버티고 있었다.

그들은 별관 1층의 기둥 사이에 가구들을 쌓아 일종의 바리케이드를 만든 다음, 안쪽에 숨어 밖을 향해 마법을 난사했다.

하지만 나는 곧바로 2층으로 뛰어올라 벽을 박살 내며 안으로 진입했다.

콰과과과과과광!

동시에 2층에 남아 있던 신관들을 전부 베어버린 다음, 본관에서 했던 것처럼 바닥을 박살 내며 1층으로 진입했다.

본관에 비해 별관은 바닥이 얇아서 쉽게 파괴할 수 있었다.

"우와아아아아아악!"

"처, 천장이!"

"2층이다! 적이 2층으로……."

1층에서 대기하던 신관들을 순식간에 패닉 상태로 변했다.

하지만 이건 그다지 특이한 전술도 아니었다. 그들은 평범한 인간보다 훨씬 높은 힘을 가지고 있으면서, 정작 머리로는 그걸 활용한 전투를 상상하지 못했다.

'이런 와중에 바리케이드라니… 웃기지도 않는군.'

나는 코웃음을 치며 적들을 차례차례 베어 넘겼다.

그렇게 1층을 완전 제압하고 맵온을 보자, 별관에만 총 11개의 붉은 점이 보였다.

그리고 지하로 내려가는 두 개의 계단이 보였다. 나는 물의 검사를 소환해 지하를 막은 다음, 잔해가 남은 2층으로 뛰어올라 주변을 살피기 시작했다.

"히익……."

그때 마침, 3층의 계단에서 누군가 굴러떨어지듯 내려왔다.

"살려주세요! 전 자유 진영 사람입니다!"

동시에 양손을 치켜들며 소리쳤다. 나는 그의 목덜미에 닿으려는 칼을 즉시 뒤로 당겼다.

"뭐?"

"제국 사람이 아닙니다! 안티카 왕국에서 왔어요! 뱅가드 출신입니다! 제발 살려주세요!"

소리치는 게 1초만 늦었어도 그대로 목이 달아났을 것이다. 나는 남자의 멱살을 붙잡고 일으키며 물었다.

"왜 안티카 사람이 이런 데 있지?"

"히엑… 사, 살려주세요……."

"난 시간이 없다. 당장 말하지 않으면 창밖으로 던져 버리겠어."

"저는 각인사입니다!"

남자는 떨리는 목소리로 소리쳤다.

"전이의 각인사가 되려고 레비의 대신전에 찾아온 것뿐입니다! 그런데 난리가 터져서 여기 꼼짝없이 억류되고 말았습니다! 위조 서류를 만드느라 3년을 투자하고, 그 뒤로도 여섯 달에 걸쳐서 입국 심사와 대신전 방문 신청을 끝냈는데 말입니다!"

스캐닝상으로는 별다른 특이점이 보이지 않는 그저 평범한 인간일 뿐이었다. 나는 남자의 눈을 노려보며 말했다.

"각인사라고? 그것도 전이의 각인?"

"네! 전이의 각인은 희소성이 높으니까요! 자유 진영 사람에겐 좀처럼 내려주지 않지만 그래도 경우가 없는 건 아닙니다! 실제로 내려 받기도 했고요! 심지어 중급입니다! 이대로 자유 진영에 돌아가기만 하면 떼돈을 벌 수 있는데……."

"……."

나는 5초 정도 생각한 다음 물었다.

"이름이 로지인가?"

"네? 네! 어, 어떻게 그걸……."

"로지, 먼저 한 가지 묻겠다. 지금 '성물의 방'에 성물이 존재하나?"

"네? 아… 그러니까, 존재합니다. 적어도 3개월 전에는요."

"3개월 전?"

"제가 각인사가 된 게 3개월 전이거든요!"

그렇다면 의미 없는 정보다. 나는 그나마 의미 있는 일을 하기 위해 그에게 명령했다.

"지금 즉시 내게 전이의 각인을 새겨라."

로지는 순간 경직되었다.

"네? 네?"

"빨리. 창밖으로 집어 던지기 전에. 여기가 2층이라고 무사할 거라 기대하진 마. 아주 세게 던질 테니까."

"앗! 네, 알겠습니다!"

로지는 내 가슴에 손을 얹으며 각인을 새기는 의식을 시작했다.

의식 자체는 몇 초 만에 끝났다. 나는 스캐닝으로 스스로의 각인 능력을 확인한 다음 한숨을 내쉬었다.

각인: 전이(중급)

비록 1분 1초를 다투는 상황이라 해도, 이것은 의미가 있는 일일 것이다.

나는 로지의 멱살을 풀며 말했다.

"로지, 지금부터 대신전 밖으로 나가서 남쪽으로 도망쳐라."

"네? 아! 알겠습니다!"

로지는 대답과 동시에 아래층으로 이어진 계단을 향해 달리기 시작했다.

그리고 나는 별관에 남은 열 명을 사냥하기 위해 위층으로 이어진 계단을 올라갔다.

＊ ＊ ＊

별관을 전부 '청소'하는 데 걸린 시간은 약 2분이었다.

나는 지하 계단을 지키던 물의 검사들에게 다른 명령을 내린 다음, 즉시 본관 쪽으로 다시 달리기 시작했다.

그 와중에도 본관과 별관 사이의 공간에서는 두 괴수의 난투가 벌어지고 있었다.

―키이이이이에에에에엑!

워터 드래곤은 자신의 주변에 거대한 물의 장벽을 펼치며 우주 괴수의 촉수 공격을 받아냈다. 나는 마음속으로 드래곤을 응원하며 다시 대신전 본관으로 들어왔다.

본관에 남아 있는 붉은 점은 총 14개였다.

그것은 대신전 전체에 남은 인간의 숫자이기도 했다. 나는 붉은 점의 분포를 유심히 살피며 생각했다.

'본관 안쪽의 '성물의 방'에 다섯 명이 모여 있다. 일단 이쪽을 먼저 정리할까?'

사실, 성물의 방은 마지막의 마지막에 들어가려 했다.

최대한 성물의 방 밖으로 적들을 끌어내서 싸워야 한다.

만약 성물의 방 안에서 전투가 벌어진다면 내가 쓰는 힘에 휘말려 성물 자체가 파괴될지 모르니까.

그리고 성물 자체가 그곳에 없을 가능성도 있다.

신성제국은 이미 수백 명의 지구인을 확보하고 있다. 당장 코앞에 나타난 우주 괴수의 위협을 피하기 위해서라도, 지구인을 이용해 성물을 다른 곳으로 옮겼을 가능성이 높다.

그리고 대신관인 로빈슨.

십중팔구 '최상급' 전이의 각인을 보유하고 있을 대신관이 그곳에 있을지 모른다.

물로 대신관이 대신전에 있는 건 너무도 당연한 일이다.

하지만 그는 자신의 '초월 능력'을 활용해 원하는 어느 곳이라도 도망칠 수 있었다.

심지어 과거에 내게 그랬던 것처럼 타인을 날려 버릴 수도 있다.

물론 이제 와서 그런 느려 터진 광선을 허용하진 않겠지만, 만에 하나를 위해서라도 신중에 신중을 거듭해야 했다.

'하지만 이제 대신전에 남은 인간의 숫자는 총 14명이다. 다

섯 명은 성물의 방에 있고… 아홉 명은 본관의 상층에 숨어 있겠지. 이 정도면 충분해.'

그래서 나는 맨 마지막에 가기로 했던 성물의 방을 향해 달리기 시작했다.

본관에서 성물의 방으로 연결되는 긴 회랑은 텅 비어 있었다.

하지만 대신관이 어떤 방식으로 전이의 광선을 쏘아댈지 모른다. 그 탓에 맵온으로 인간이 보이지 않는다 해도 마음을 놓을 수는 없었다.

그렇게 신중을 기울인 결과, 나는 20여 초 만에 성물의 방에 도착할 수 있었다.

레비의 대신전의 성물의 방은 내가 처음 경험했던 아르마스의 대신전에 있던 성물의 방과 비슷한 구조였다.

대신 넓이와 높이가 두 배쯤 더 컸다.

그 광활한 공간의 대부분을 비워둔 채, 다섯 명의 인간이 가장 깊은 안쪽에 모여 있었다.

일렬로 늘어서 등 뒤에 있는 단상을 몸으로 가린 채로.

'성물은 아직 저기 있는 건가?'

신관들이 직접 몸으로 막고 있어 확인이 불가능했다. 나는 급한 대로 다섯 명의 신관을 일일이 스캐닝했다.

"망할……."

나는 욕지거리를 읊조리며 이를 갈았다.

다섯 명 모두 1단계 오러 유저밖에 안 되는 피라미다.

나는 즉시 지면을 박차며 적들을 향해 몸을 날렸다. 이 정도 수준의 적이라면 설사 등 뒤에 성물이 있다 해도 피 한 방울 튀지 않게 조절하며 제거할 수 있었다.

나는 약 1초 만에 다섯 명의 신관 모두를 주먹으로 때려 죽였다.

그리고 예상대로 신관들이 막고 있던 단상 위에는 아무것도 남아 있지 않았다. 나는 만족스러운 얼굴로 죽어 있는 신관들에게 침을 뱉으며 즉시 성물의 방을 빠져나왔다.

*　　　　*　　　　*

'대신관은 성물을 어디로 옮겼을까?'

그것은 논리만으로는 추론할 수 없는 난제였다.

성도의 중심부에 있는 황궁일 수도 있고, 어쩌면 지금 B팀이 공략하고 있을 지구인 수용소일 가능성도 있다.

어쨌든 이미 내 손을 떠난 문제였다. 나는 더 이상 주저하지 않고 '대신전 정화 작업'에 집중하기로 했다.

이제 남은 신관은 아홉 명이다.

나는 곧바로 본관의 3층으로 올라간 다음, 층 전체를 샅샅이 뒤지며 숨어 있는 신관들을 하나씩 제거했다.

대신전 본관은 총 8층까지 있었다. 한 명은 3층에서 죽였고, 여섯 명은 꼭대기 층인 8층에 모여서 기도를 하고 있었다.

그리고 끝이었다.

'뭐지? 분명 두 명이 남아 있는데?'

나는 맵온을 노려보며 눈을 깜빡였다.

대신전의 본관 중심부에 분명히 세 개의 붉은 점이 딱 붙은 채 깜빡이고 있었다.

물론 그중 하나는 나다.

하지만 내 곁에는 아무도 없다. 나는 내가 서 있는 장소를 기준으로, 여덟 개의 층을 다시 돌아 내려오며 확인했다.

하지만 아무도 없었다. 나는 다시 지하실로 내려가 붉은 점의 위치에 나 자신을 겹쳤다.

'대체 어떻게 된 거지?'

맵온에는 여전히 세 개의 붉은 점이 딱 붙어 깜빡이고 있다.

그 순간, 퍼뜩 하나의 가능성이 떠올랐다.

'설마 여기서 더 아래쪽에 비밀 공간이 있는 건가?'

그래서 나는 바닥을 향해 컴팩트 볼을 날렸다.

콰과과과과과과과광!

지하실 전체가 흔들리며 흙먼지가 쏟아져 내렸다. 나는 움푹 팬 돌바닥을 노려보며 입술을 깨물었다.

'이러다가 지하실이 무너지겠다. 어딘가에 비밀 통로가 있을 텐데……'

나는 급한 대로 근처의 벽을 손으로 훑기 시작했다.

하지만 그때, 또다시 지하실 전체가 심하게 흔들리기 시작했다.

쿠구구구구구구구구궁…….

그것은 마치 지진과 같았다. 나는 급하게 지하실을 빠져나와 다시 1층으로 올라갔다.

지진의 정체는 바로 두 괴수의 격렬한 몸싸움이었다.

결국 힘에서 밀린 워터 드래곤이 대신전 본관에 충돌하며 쓰러졌다.

'망할! 아직 두 놈 남았는데!'

나는 반사적으로 본관 밖으로 뛰쳐나왔다.

이제 와서 다시 지하로 내려가 비밀 통로를 찾는 건 미친 짓이다.

그 상태로 이 거대한 대신전이 붕괴하기라도 하면 아무리 강력한 힘을 가지고 있다 해도 생사를 장담할 수 없을 테니까.

'물론 죽진 않겠지만 힘을 엄청나게 소모하겠지. 그렇다면 탈출하는 동안 안전을 장담할 수 없다. 아니, 잠깐, 그렇다면……'

나는 생각과 동시에 고민하지 않고 소리쳤다.

"워터 드래곤! 지금부터 대신전 본관으로 우주 괴수를 유인해라! 마음 놓고 대신전을 때려 부숴!"

그러고 나서 나는 대신전의 남쪽으로 달리기 시작했다.

'대체 어느 구석에 처박혀 있는지는 모르지만… 대신전이 무너지면 그 두 놈도 무사하지 못하겠지.'

그래, 이걸로 됐다.

이 정도면 내가 할 수 있는 거의 최상의 결과였다.

콰과과과과과과과광!

콰광! 콰아아앙!

쿠구구구구구구구구궁!

등 뒤로 엄청난 굉음이 울려 퍼졌다.

굳이 돌아볼 필요도 없었다. 그것은 신성제국에서 무소불위의 권력을 자랑하던 레비의 대신전, 그 자체가 무너지는 소리였다.

그런데 그때, 맵온의 붉은 점이 움직이기 시작했다.

'꼴좋다. 가만있으면 죽을 것 같으니 빠져나오나 보군.'

이제 와선 뒤늦은 판단일 뿐이다. 나는 그래도 혹시나 하는 마음에 다리를 멈추며 뒤를 돌아봤다.

대신전은 이미 완전히 무너져 내렸다.

그런데 붉은 점은 여전히 움직이고 있었다.

심지어 내 쪽으로.

"……"

나는 부릅뜬 눈으로 맵온을 노려보았다.

대신전과 내 사이에 있는 것은 그저 텅 빈 흙길뿐이다.

'설마 지하 통로?'

나는 반사적으로 지면에 칼을 꽂아 넣었다.

푸확!

그리고 오러 브레이크를 전개해 표토를 걷어내려 했다. 하지만 그런 내 계획을 누군가 목청을 높이며 제지했다.

"그만둬! 거기가 아니야!"

나는 곧바로 고개를 치켜들었다.

그리고 자책했다.

'하늘이었어.'

왜 그 가능성을 떠올리지 못했을까?

두 개의 붉은 점은 지하가 아닌 하늘 위에 깜빡이고 있던 것이다.

하늘 한복판에 두 여자가 함께 떠 있다.

그것은 기묘한 조합이었다.

어두워서 확실하게 보이진 않았지만, 덩치가 작은 노파가 젊은 여자를 부축하듯 안아 들고 있다.

물론 젊다고 해도 노파에 비해 상대적으로 젊다는 것이다.

그때 노파가 여자를 잡고 있던 팔을 놓았다. 나는 즉시 뒤로 물러나며 거리를 벌였다.

여자는 거의 100미터의 높이에서 가볍게 착지하며 웃었다.

"후후… 후후후… 이거 어쩌면 좋니?"

그리고 나는 여자의 몸에서 빛나는 진한 보라색의 오러를 보며 식은땀을 흘렸다.

"소드 마스터?"

"그래. 내가 바로 소드 마스터란다. 오러를 발동시켰으니 숨길 수도 없지."

30대 후반 정도로 보이는 여자는 마치 보물이라도 발견한 표정으로 날 바라보았다.

그것은 실로 부담스러운 시선이었다. 나는 지속 시간이 거의 끝나가는 노바로스의 강화를 재차 발동시키며 물었다.

"설마 당신이… 엑페입니까? 검신으로 불리는?"

"그럼 내가 엑페지 누구겠어? 트리온처럼 엘프로 보여? 아니면 누와처럼 할아버지로 보여?"

"누와?"

"황제 말이야. 이젠 전 황제지만."

"그건 아니지만… 검신 엑페가 여자인 줄은 몰랐습니다."

나는 솔직하게 털어놓았다. 엑페는 눈을 동그랗게 뜨며 놀란 표정을 지었다.

"정말? 에휴, 나도 많이 죽었구나. 하도 오래 숨어 살아서 그런가? 이젠 사람들이 내가 남잔지 여잔지도 몰라."

"죄송합니다. 제가 세상일에 좀 문외한이라. 그런데 제가 정말 급해서 그런데……."

나는 무너진 신전터 위로 뒤엉키는 두 괴물을 바라보며 입술을 깨물었다.

"…그만 돌아가 봐도 되겠습니까?"

"안 돼."

엑페는 단박에 거절했다.

"세상에 말이야, 혼자서 레비의 대신전을 무너뜨린 녀석을 내가 어떻게 그냥 돌려보낼 수 있겠니?"

"대신전과는 사이가 나쁘다고 들었습니다만?"

"응? 물론 나쁘지. 아주 싫어해. 콱 망해 버리라고 매일 저주할 만큼."

"그런데 어째서……"

"200년이야."

엑페는 한숨을 내쉬며 말했다.

"내가 소드 마스터가 된 지도 벌써 200년이 다 됐어. 그런데 지금까지 단 한 번도 전력으로 싸워본 적이 없단다."

"네?"

"기껏 이런 힘을 손에 넣었는데, 정작 제대로 싸울 상대가 없었지 뭐니? 누와는 황제라 건드릴 수 없고, 트리온은 레비그라스 전체를 들들 뒤져도 머리카락 하나 발견하지 못했고."

"아……"

"그래서 이 아줌마는, 아니, 이 누나는 그동안 허송세월만 보냈단다. 몬스터 같은 건 아무리 강해도 맛이 안 나. 내가 싸워보고 싶은 건 그저 나와 비슷한 수준의 인간인데 말이지."

스릉…….

엑페는 너무도 부드러운 폼으로 칼을 뽑아 들며 말을 이었다.

"그러니 널 그냥 보내줄 수 있겠니? 혼자 힘으로 레비의 대신전을 무너뜨리고… 거기에 마법을 써서 저런 막강한 몬스터까지 묶어놓는 인재를 말이야."

"아니, 잠시만⋯⋯."

"자, 뭐든 좋아. 오러도 좋고, 마법도 좋고, 뭐든 좋으니 가지고 있는 모든 힘을 이 누나에게 쏟아내렴. 나는 무려 200년 동안 굶주리고 있었단다."

엑페는 혀를 살짝 보이며 입술을 핥았다.

그 순간, 멀리서 워터 드래곤이 하늘을 날아오르며 우주 괴수를 향해 브레스를 뿜어냈다.

푸화아아아아아아아아아아아악!

이름: 루미나스 엑페 크루이거

레벨: 30

종족: 레비그라스인, 황족, 퀘스트 마스터

기본 능력

근력: 1,014(507)

체력: 1,006(503)

내구력: 802(401)

정신력: 51(55)

항마력: 886(438)

특수 능력

오러: 729(745)

마력: 0

신성: 0

저주: 0

각인: 언어의 각인(중급)

오러 스킬: 오러 소드(최상급), 오러 실드(최상급), 오러 브레이크(상급), 컴팩트 볼(상급), 오러 윙(상급), 일루전(중급), 고스트 소드(하급), 소드 스톰(고유), 오러 가이저(고유)

퀘스트1: 지구 차원으로 넘어가 10년간 생존하라(최상급)

퀘스트2: 오비탈 차원으로 넘어가 1년간 생존하라(최상급)

퀘스트3: 알카노이아 제국과 레비의 대신전을 분리하라(최상급)

퀘스트4: 냉기의 정령왕과 대지의 정령왕의 분쟁을 중재하라(최상급)

퀘스트5: 자식을 낳아 소드 마스터로 육성하라(최상급)

퀘스트6: 지구 차원으로 넘어가 1개월간 생존하라(상급)

퀘스트7: 오비탈 차원으로 넘어가 3일간 생존하라(상급)

퀘스트8: 마력을 각성하라(하급)

퀘스트9: 저주를 각성하라(하급)

나는 경직되었다.

다른 무엇보다 기나긴 퀘스트의 목록으로부터 눈을 뗄 수가 없었다.

"응? 왜 그러니?"

엑페가 칼을 겨누며 물었다. 나는 혼란스러운 정신을 빠르게 수습하며 소리쳤다.

"잠시만요, 검신 님!"

"검신 님은 또 뭐니? 그냥 엑페라고 불러."

"그럼 엑페 님! 싸우지 않고 넘어갈 방법은 없습니까?"

"없어. 이미 칼을 뽑았잖니?"

"그렇게 꼭 저를 죽이고 싶으십니까?"

"아니? 죽일 생각 없는데?"

엑페는 마치 어린아이처럼 고개를 붕붕 저었다.

"하지만 전력을 다할 거야. 그리고 내 전력을 못 받아내면 아마 사는 건 좀 힘들지 않을까?"

아마가 아니라 반드시 죽는다.

엑페의 시선은 이미 날 휘감고 있었다.

나는 그것이 소위 말하는 '살기'라 인식하며 식은땀을 흘렸다.

'저 여자는 이미 싸우고 있다.'

단지 직접 칼을 휘두르지 않았을 뿐.

이미 자신이 가진 모든 것을 활용해 내 움직임을 유도하고 있다.

하지만 이건 바보 같은 싸움이다.

'저 여자는 그저 나와 싸우고 싶을 뿐이다. 순수한 호승심에서. 강력한 적과 전력을 다해 겨뤄보고 싶어서…….'

지금 내 입장에선 단지 민폐일 뿐이다.

'도망칠 수 있을까?'

물론 도망치면 쫓아올 테지.

속도는 누가 더 빠를지 확신할 수 없다.

하지만 성벽 밖에서 기다리고 있는 팀원들이 문제였다. 나 혼자면 몰라도, 그들은 절대 엑페의 손아귀로부터 벗어날 수 없다.

나는 일부러 팀원들과 합류하지 않고 다른 방향으로 도망치는 것을 고려했다.

'어차피 8시 전까지 돌아오지 않으면 알아서 퇴각하기로 했지. 그렇다면…….'

나는 뒤쪽으로 몸을 날리기 위해 살짝 웅크렸다.

그와 동시에 보라색으로 번쩍이는 칼 한 자루가 내 목을 관통했다.

'뭐?'

아니, 관통하기 직전이었다. 나는 반사적으로 몸을 비틀며 그것을 피했다.

쉬익!

뒤늦게 목덜미를 스치는 칼날의 소리가 들렸다. 동시에 엑페가 몸을 날리며 소리쳤다.

"도망치면 안 돼!"

상대는 이미 내 움직임을 예상하고 있었다. 엑페는 검을 쥔 손과 검을 쥐지 않은 손을 동시에 휘두르며 공격을 퍼부었다.

마치 존재하지도 않는 두 번째 검을 다루듯.

'뭐지, 이건?'

하지만 엑페가 쥐고 있는 칼은 한 자루다.

'왜 있지도 않은 칼을 마치 쥐고 있는 것처럼 휘두르는 거야!'

당연히 실제로 위협이 되는 건 오른손에 쥐고 있는 진짜 칼 뿐이다.

문제는 그것만으로도 위협적이라는 것.

일단 너무 빠르다.

마치 시간의 흐름이 달라진 것 같다.

작용과 반작용의 법칙이 무너진 듯, 공격을 피해도 충격이 전달된다.

분명 내가 막았는데, 반대로 내 몸이 앞으로 쏠린다.

하지만 이상한 건 아무것도 없었다.

칼을 피했는데도 몸에 충격이 느껴지는 건 적의 칼끝이 순간적으로 음속을 돌파했기 때문이다.

파앙!

그것은 공기가 찢어지는 소리였다.

문제는 나도 그런 속도의 세계에서 공방을 지속하고 있다는 것이다.

적의 공격을 받아치기 위해선 나 역시 그에 필적하는 힘을 앞으로 내야 했다.

하지만 그 힘이 아주 약간이라도 과하면 반대로 내 몸이 더 앞으로 쏠리게 된다.

그렇게 쏠린 몸을 제어하며 다시 바로잡는 것만으로도 엄청난 근력이 필요했다.

혼란스럽다.

이것은 처음 경험해 보는 전투였다.

비록 내가 소드 마스터에 필적하는 힘을 낼 수 있다 해도, 그것을 활용한 실전은 이번이 처음이다.

그나마 버틸 수 있는 것은 몇 주 전에 팔틱을 속이고 벌였던 실전 대련의 경험 때문이었다.

불과 10여 초 만에 수십 차례의 공방이 오고 갔다.

나는 오직 회피와 방어에 전력을 다했다. 그리고 그 10초 동안, 우리가 싸우는 주변 100여 미터에 존재하는 모든 것이 터지고 찢기며 날아갔다.

레비의 동상, 정원석, 나무, 벤치⋯⋯.

그렇게 20초쯤 지나서야, 나는 가까스로 엑페의 움직임에 익숙해졌다.

'이제 겨우 눈에 익는다.'

동시에 엑페가 빈손으로 왜 칼질을 하고 있는지도 파악했다.

손끝에서 약한 충격파가 발생하고 있었다.

그 충격파가 근접전에서 내 오러를 갉으며 미세하게 몸을 밀어내는 것이다.

'하지만 큰 문제는 아니다. 이런 얕은 수에 휘말리면 안 돼.'

나는 간격을 유지하며 상대의 실격을 막아냈다.

파지지지지지지지직!

두 검이 충돌한 순간, 남색과 보라색의 오러가 불꽃놀이처럼 사방으로 튀어 오른다.

하지만 엑페는 멈추지 않고, 비어 있는 왼손을 휘둘렀다.

이건 무시한다.

내가 노릴 것은 적의 진짜 검이 살짝 뒤로 빠지는 바로 그 순간이다.

하지만 그 순간은 영원히 찾아오지 않았다.

뭔가가 내 오러를 찢어발기며 오른쪽 옆구리에 파고들었다.

파지지지지지직!

'칼?'

보라색 칼이다.

정확히는 오러 소드였다.

그런데 문제가 있다면 오러 소드 속에 진짜 칼이 들어 있지 않다는 것.

"……."

나는 비명을 삼키며 몸을 웅크렸다.

내장까지 파고든 적의 칼은 자신의 역할을 다함과 동시에 소멸했다. 엑페는 한 발 뒤로 물러나며 소리쳤다.

"잠깐! 왜 이걸 못 막니!"

그러고는 비어 있는 왼손에 다시 한 번 칼을 만들며 소리쳤다.

"이거 고스트 소드(Ghost Sword)잖아! 몰라? 처음에 한번 보여줬는데, 왜 경계하지 않는 거야!"

'내가 그걸 어떻게 아냐!'

나는 마음속으로 소리쳤다.

상대가 없는 칼을 쥔 것처럼 휘두른 것은 그 자체로 내 생각을 유도하는 페인트였다.

그녀는 언제라도 직접 칼을 만들어낸 다음, 그것을 휘두를 수 있는 것이다.

다르다.

지금까지 경험했던 전투와는 격이 다르다.

'상처가 깊다. 당장 죽진 않겠지만 이런 몸으로는……'

이길 수 없다.

그렇다면 조금이라도 더 많은 정보와 경험을 끌어내야 한다. 나는 무표정한 얼굴로 고통을 감추며 물었다.

"엑페 님, 고스트 소드는 소드 마스터만 쓸 수 있는 기술입니까?"

"아니? 그 전에도 쓸 수 있어. 누가 가르쳐 주기만 하면. 물론 나는 독학으로 배웠지만."

"…그럼 소드 스톰(Sword Storm)은 어떻습니까?"

그것은 스캐닝으로 확인한 적의 고유 스킬이다. 엑페는 눈을 동그랗게 뜨며 되물었다.

"응? 그걸 네가 어떻게 알아? 아직 한 번도 사람들 앞에서 쓴 적이 없는데? 심지어 이름을 지어놓고 누군가한테 들려준 적도 없는데?"

"다 아는 방법이 있습니다."

나는 마지막으로 허세를 부렸다.

"그러니 직접 보여주시지 않겠습니까? 제가 그 기술을 파훼해 보이겠습니다."

"…고스트 소드조차 몰랐으면서, 내 고유 스킬을 깨뜨리겠다고?"

엑페는 코웃음을 쳤다.

하지만 호기심이 생겼는지, 한 발 뒤로 물러나며 눈에 띄게 오러를 끌어 올리기 시작했다.

"좋아. 그럼 어디 받아보렴. 이게 바로……."

그 순간, 엑페의 몸에서 불길처럼 오러가 솟구쳤다.

파지지지지직!

동시에 솟구친 오러들이 허공에 뭉치며 칼로 변했다.

고스트 소드.

그것도 수십 개의 고스트 소드가 일제히 내 쪽으로 날아온다.

엄청난 속도로.

나는 곧바로 노바로스의 방벽을 전개했다.

찰나의 순간, 30개도 넘는 오러의 검이 붉은빛을 띤 투명한 방벽에 가차 없이 꽂혔다.

파지지지지지지지지지지직!

동시에 방벽이 소멸했다. 너무도 순식간이라 새로운 방벽을 전개할 틈조차 없었다.

그 탓에 나는 뒤이어 날아오는 십여 개의 칼을 몸으로 직접 받아낼 수밖에 없었다.

푸확!

마치 벼락이라도 맞은 것처럼 고통이 몸을 관통한다.

동시에 몸에 꽂힌 고스트 소드가 소멸했다. 나는 온몸이 구멍투성이가 된 채, 양 무릎을 꿇으며 바닥에 주저앉았다.

"이게 소드 스톰… 쿨럭!"

목구멍으로 대량의 피가 역류했다. 나는 의식이 흐려지는 걸 느끼며 천천히 눈을 감았다. 멀리서 엑페의 후회 섞인 외침을 들으며……

"뭐니, 너! 소드 스톰을 막아낸다고 했잖아! 태어나서 처음으로 전력으로 싸우는 건데! 이렇게 시시하게 끝내면 어떻게 해! 잠깐! 벌써 죽지 마! 적어도 이름이라도 말해!"

*   *   *

"자기가 죽여놓고, 뭘 죽지 말란 거냐!"

나는 소리를 지르며 정신을 차렸다.

이곳은 5분 전의 세계였고, 내가 서 있는 곳은 대신전의 별관이었다.

방금 전에 별관 청소를 끝내고, 이제 막 본관으로 다시 돌아가려는 찰나다.

하지만 이대로 돌아갈 수는 없다. 나는 대신전 본관의 하늘 위에 떠 있을 엑페를 상상하며 이를 갈았다.

'엑페는 내 예상보다 훨씬 강하다. 어떻게 하지?'

3단계 소드 익스퍼트를 달성한 순간, 나는 어지간하면 소드 마스터와도 승부가 될 거라 예상했다.

하지만 착각이었다.

엑페는 '검신'이라는 칭호답게, 내가 상상도 못 한 다른 차원의 검술을 가지고 있었다.

'단지 기본 스텟이나 오러의 양이 문제가 아니다. 검술의 깊이와 쓰는 기술이 전혀 달라.'

물론 보유한 오러의 최대치도 압도적이다.

문득 오래전에 팔틱에게 들었던 이야기가 떠올랐다.

"단지 오러만을 가지고 높일 수 있는 레벨은… 27레벨이 끝이네. 심지어 자네의 한계가 소드 마스터에 닿아 있다 해도 말이지."

'선생님, 당신이 틀렸습니다.'

나는 엑페의 오러 스텟과 레벨을 떠올리며 이를 갈았다.

'오러 스텟이 745인데 레벨이 30이다. 결국 모든 레벨을 오러만으로 높인 거야.'

오러를 650만 넘겨도 소드 마스터인데, 엑페의 스텟은 무려 750에 근접해 있다.

나는 마음을 가다듬으며 첫 번째 죽음을 떠올렸다.

물론 똑같은 상황에서 다시 싸운다면 이번에는 그때만큼 쉽게 당하지 않을 것이다.

하지만 그것이 엑페가 가진 모든 것이란 보장은 없다. 나는 심호흡을 하며 남아 있는 네 개의 목숨을 어떻게 사용할지 고민했다.

'먼저 테스트부터 해봐야 한다. 엑페가 어떻게 나올지에 대해⋯⋯.'

작전을 길게 세울 시간은 없다. 나는 곧바로 별관을 나와 대신전의 본관을 향해 달렸다.

워터 드래곤은 여전히 우주 괴수와 혈투를 벌이고 있었다.

그리고 나는 과거이자 미래의 경험에 따라 본관에 남아 있는 신관들을 동선의 낭비 없이 빠르게 제거했다.

그리고 도망치기 시작했다.

내가 가진 모든 힘을 다해서, 뒤도 돌아보지 않고 서쪽을 향해 질주했다.

남쪽이나 남서쪽을 향하지 않은 것은 어차피 그곳에 있는 팀원들과 합류할 수 없기 때문이다.

내가 달리는 길은 우주 괴수가 신전으로 다가온 경로와 동일했다.

나는 폐허가 된 거리를 따라 미친 듯이 달리고 또 달렸다.

엄청난 속도로.

하지만 맵온에 보이는 붉은 점은 나보다 더 빨랐다.

"거기 너! 기다려!"

뒤쪽에서 엑페의 목소리가 울렸다.

동시에 뭔가가 등 쪽으로 날아오는 것이 느껴졌다. 나는 반사적으로 노바로스의 방벽을 전개하며 막아냈다.

파지지지지직!

고스트 소드다.

단발이라 그런지 방벽이 소멸하진 않았다.

하지만 내가 잠시 움찔한 사이, 엑페는 믿을 수 없는 속도로 내 머리를 뛰어넘으며 정면을 막아섰다.

"멈추라니까! 너! 내 말 안 들리니!"

그러고는 다짜고짜 칼을 뽑아 들고 공격하기 시작했다.

'절대 그냥 보내줄 마음은 없나 보군.'

첫 번째 테스트는 이걸로 끝났다.

엑페는 죽어도 나랑 싸울 작정이다.

그리고 나는 물리적으로 그녀에게서 도망칠 수 없다.

결국 내게 남은 것은 전투뿐이었다.

나는 첫 번째 죽음을 통해 경험한 '소드 마스터의 싸움'을 되새기며, 전력을 다해 그녀의 공세에 맞서 싸웠다.

첫 번째 싸움은 30여 초 만에 죽었다.

이번에는 무려 1분이나 버텨냈다.

                    *   *   *

"큭!"

나는 반사적으로 펄쩍 뛰어올랐다.

하지만 이미 죽어서 5분 전으로 돌아온 상태였다. 나는 눈앞에 떠오른 3이란 숫자를 노려보며 두 번째 죽음을 떠올렸다.

두 번째 전투는 꽤 오래 이어졌다.

약 1분 정도.

그사이 엑페가 '소드 스톰'을 쓰게끔 유도했고, 또 다른 고유 스킬인 '오러 가이저(Aura Geyser)'까지 뽑아냈다.

'바로 그 오러 가이저 때문에 죽었지만… 아무튼 이로써 확실해졌다.'

나는 내가 처한 현실을 직시했다.

못 이긴다.

지금의 나는 무슨 짓을 해도 엑페를 이길 수 없다.

물론 이대로 한 번 더 싸운다면 좀 더 오래 버틸 수 있을 것이다.

1분 30초쯤.

어쩌면 2분쯤 버틸 수 있을지도 모른다.

문제는 버티는 시간이 늘어나는 것만으로는 소용이 없다는 것.

오히려 길게 버티면 버틸수록 문제가 생긴다. 만약 전투 시간이 5분을 넘어간다면 나는 죽어서도 다시 엑페와 싸우던 순간으로 회귀하게 될 테니까.

'그럼 정말 뒤가 없다. 이대로는 안 돼……'

남은 목숨이 더 줄어들기 전에 다른 방법을 마련해야 했다.

가장 먼저 떠올린 것은 루도카와 처음 만난 순간이었다.

'루도카의 비밀을 알아내서 녀석을 돌려보낸 것처럼… 이번에도 엑페의 비밀을 알아내서 돌려보낼 수 있을까?'

하지만 이번에도 그때처럼 잘되리란 보장은 없다.

엑페에게 비밀이 없을지도 모르고, 그 어떤 비밀을 알아낸다 해도, 전혀 개의치 않고 싸움을 걸어올지 모른다.

'아니, 반드시 싸울 거다. 엑페는 그런 인간이야.'

엑페의 인간성은 만난 지 불과 몇 분 만에 파악할 수 있을 만큼 단순했다.

그녀는 굶주렸다.

자신이 얻은 힘과 갈고닦은 기술을 전력으로 쏟아낼 수 있는 전투에 목말라하고 있었다.

문제는 그녀의 굶주림과 갈증이 무려 200년 동안 지속된 중증이란 것.

'절대 그냥 보내줄 리 없다. 그렇다면… 숨어야 하나?'

그래서 나는 두 번째 방법을 고민했다.

일단 숨으면 쉽게 찾아내진 못할 것이다. '무려 퀘스트 마스터'란 칭호를 가지고 있는 주제에, 그녀는 단 하나의 초월 능력조차 가지고 있지 않았다.

'최상급 맵온을 가지고 있었다면 절대 숨지 못하겠지. 그렇다면 대신전의 지하실에 숨을까? 엑페가 떠날 때까지?'

하지만 엑페가 과연 떠나줄지는 의문이다.

어쩌면 내 시체라도 확인하기 위해 무너진 대신전을 헤집고 다닐지 모른다.

그러다가 '죽음'으로도 회피할 수 없는 상황에 빠지면 더욱 곤란해진다. 나는 곧바로 머리에서 '숨기'라는 선택지를 지워버렸다.

"저, 저기… 이제 됐습니까?"

각인사인 로지가 몸을 부들거리며 물었다. 나는 이제 막 그에게 전이의 각인을 받았다는 것을 기억하며 물었다.

"로지, 지금 내가 이곳에 텔레포트 게이트를 만들 수 있나?"

"네? 아… 물론입니다. 방금 각인을 받으셨으니까요."

"그럼 그걸로 다른 곳으로 도망칠 수도 있고?"

"다른 곳요? 그건 안 됩니다."

"어째서?"

"연결된 다른 게이트가 필요하니까요. 그러니까 여기에 게이트를 만드시고, 나중에 다른 곳으로 가서 게이트를 또 만들면 그 둘이 연결됩니다."

그것은 처음 듣는 정보였다.

"…알겠다. 지금 당장 대신전을 나가서 남쪽으로 도망쳐라."

나는 로지를 밖으로 보낸 다음 고민했다.

'그럼 텔레포트 게이트를 만들어서 탈출하는 것도 무리다. 전에 겔브레스는 즉석에서 마법진을 만들며 도망쳤는데… 그는 미리 어딘가에 연결되는 게이트를 만들어놨던 건가?'

하지만 내겐 또 다른 방법이 남아 있었다. 나는 스스로를 스캐닝하며 퀘스트를 확인했다.

퀘스트1: 회귀의 반지를 파괴하라(최상급)

퀘스트2: 신성제국을 무너뜨려라(최상급)

퀘스트3: 레비교의 대신전을 파괴하라(상급)

퀘스트4: 5대 정령왕 중 하나의 힘을 얻어라(상급) ― 성공!

지금 당장 4번 퀘스트의 성공 보상으로 전이의 등급을 높일 수 있다.

중급에서 상급으로.

심지어 마음만 먹으면 3번 퀘스트까지 해결하며 최상급으로 만들 수 있다.

그렇다면 이곳의 탈출 같은 건 문제도 아니다. 대신관인 레빈슨이 내게 했던 것처럼 다른 곳으로 이동하거나, 아예 다른 차원인 지구로 돌아가는 것도 가능할지 모른다.

'좋아. 그렇다면……'

나는 4번 퀘스트의 '성공!'이란 단어에 의식을 집중했다.

[퀘스트 성공. 보상을 고르시오.]

[보상은 아래 세 가지 중에 하나를 고를 수 있다.]

[1. 기본 능력의 상승]

[2. 특수 능력의 상승]

[3. 각인 능력의 등급 상승]

오랜만에 보는 보상 창이다.

그런데 그 순간, 갑자기 셀리아 왕녀의 목소리가 뇌리를 스치며 지나갔다.

"퀘스트의 보상으로 올라가는 스텟은 퀘스트의 등급에 따라 차이가 있어요. 하급은 10, 중급은 20, 상급은 40이 올라요."

지금 내 오러의 최대치는 562다.

'만약 계산이 맞는다면…….'

나는 입술을 깨물며 고민했다.

어쩌면 나는 저 막강한 엑페를 쓰러뜨릴 수 있을지도 모른다.

하지만 그것은 불확실한 길이었다.

확실한 길은 지금 당장 전이의 각인의 등급을 높여 이 자리를 빠져나가는 것이다.

'그래. 난 언제나 그렇게 살아남았다.'

나는 스스로를 납득시켰다.

도망치고, 도망치고, 또 도망쳐서.

문주한이란 인간은 언제나 냉정하게 판단하며 생존을 거듭했다.

하지만 나는 의식하지 못한 사이 계속해서 2번을 노려보고 있었다.

그러자 새로운 문장이 나타났다.

[특수 능력은 아래 세 가지 중에 하나를 높일 수 있다.]

[1. 오러]

[2. 마력]

[3. 신성]

'이건 정말 오랜만에 보는 선택창이군.'

나는 쓴웃음을 지으며 옛 기억을 떠올렸다.

내가 처음 퀘스트를 달성했을 때, 뭣도 모르고 오러 스텟을 높여 버렸다.

그때는 그 선택을 매우 아쉬워했다.

하지만 지금은 달랐다.

'뭐 하는 거지, 문주한? 지금 이럴 때가 아니다. 빨리 각인 능력의 등급을 높여야 해.'

나는 지금이라도 '도망'을 선택하라는 스스로의 목소리를 들으며 긴 한숨을 내쉬었다.

하지만 나는 문주한이 아니다.

정확히는 인류의 마지막 생존자인, 인류 저항군의 준장인 문주한이 아니다.

'싸워 이길 수 있는 기회가 있는데, 어째서 도망치려 하지?'

그것은 젊음과 힘을 가진, 새로운 나 자신의 목소리였다.

전보다 경솔하고 무모하지만 그만큼 진취적이고 자신감에 차 있다.

그래서 나는 결국 퀘스트의 보상으로 오러 스텟을 선택했다.

덕분에 레벨이 순식간에 2가 올라갔다.

오러: 544(602)

하지만 이걸론 부족하다.

나는 약 10초 만에 별관에 남아 있던 모든 신관을 제거한

다음, 곧바로 본관으로 내달렸다.

그리고 30초 만에 본관에 남아 있던 모든 신관을 척살했다.

맵온에 남은 붉은 점은 나를 포함해서 세 개뿐이었다. 하지만 내가 도망치지 않는 이상, 엑페도 갑자기 내려와 싸움을 걸진 않을 것이다.

'그러고 보니 다른 한 명은 누구지?'

나는 공중에서 엑페를 붙들고 날고 있던 마법사의 정체를 고민하며 밖으로 뛰쳐나갔다.

대신전 본관과 별관 사이로.

그곳엔 여전히 워터 드래곤과 우주 괴수가 혼전을 벌이고 있었다.

이름: 루도카

종족: 공허 합성체(상급)

레벨: 58

특징: 보이디아 차원의 몬스터. 생명을 가진 모든 것을 증오하고, 파괴하려 한다.

우주 괴수의 정체는 이번에도 루도카였다.

'대체 어떻게 살아났지?'

도저히 영문을 알 수가 없었다.

하지만 지금 중요한 건 루도카의 부활이 아니라, 부활한 루도카를 가급적 힘의 소모 없이 제거하는 것이다.

'공허 합성체의 등급이 중급에서 상급으로 올라갔다. 기본 스탯도 굵직굵직하게 높아졌어. 하지만 이 정도라면……'

나는 즉시 전장에 합류하며 워터 드래곤에게 소리쳤다.

"지금부터 나와 협공하며 우주 괴수를 사냥한다! 방어가 아니라 공세로! 전력을 다해!"

그러자 워터 드래곤이 하늘로 날아오르며 브레스를 뿜어냈다.

푸화아아아아아아아아아악!

그것은 일종의 엄호사격이었다.

나는 쏟아지는 촉수를 피하며 적의 측면으로 돌아갔다. 어차피 높이가 40미터나 되는 거대한 괴물이었지만, 기본적인 공략 자체는 전에 잡은 중급 공허 합성체와 동일했다.

껍질부와 중심부를 둘러싼 어둠을 일시적으로라도 걷어내고, 가장 깊은 곳에 있는 핵심부를 파괴한다.

그리고 그 과정은 오히려 전보다 더 수월했다.

적이 강해진 것보다 내가 더 빠르게 강해졌다.

그리고 우주 괴수가 뿜어내는 대부분의 촉수를 워터 드래곤이 대신 받아내며 처리해 줬다.

그렇게 앞뒤에서 적을 협공한 결과, 나는 불과 1분 만에 우주 괴수의 핵심부에 파고들 수 있었다.

＊　　　＊　　　＊

우주 괴수의 핵심부는 전과 동일했다.

새카만 태아의 형태.

다만 전에 비해 덩치가 두 배 이상이었다. 나는 주저 없이 핵심부의 중심에 칼을 찔러 넣으며 오러 소드를 전개했다.

파지지지지지지지직!

오러 소드는 순식간에 반응하며 소멸했다. 나는 과거의 경험에 따라, 칼날에 저항감이 사라질 때까지 계속해서 오러 소드를 전개했다.

그리고 어느 순간 칼날이 아래로 쑥 빠졌다. 동시에 나를 둘러싼 거대한 공허의 어둠이 폭발하듯 소멸했다.

소리는 아무것도 들리지 않았다.

대신 무언가 떨어지는 게 보인다. 나는 적의 핵심부가 있던 20여 미터의 공간에서 지면으로 낙하하며 그것을 노려보았다.

'스프레이?'

지구에서 사용하던 스프레이 통과 비슷하게 생겼다. 나는 착지와 동시에 떨어지는 통을 낚아채듯 받아냈다.

그런데 무거웠다.

"엇?"

내가 상상했던 그런 무게가 아니다.

고작해야 길이가 30㎝밖에 안 되는 원통형의 금속 주제에,

내가 다른 손에 쥐고 있는 칼보다 몇 배는 더 무거웠다.

'뭐지, 이건? 못해도 100㎏은 나가겠는데?'

3단계 소드 익스퍼트의 근력이 아니었다면 한 손으로 쥐는 것 자체가 불가능했을 것이다.

하지만 힘이 강하다고 체중까지 많이 나가는 것은 아니다. 나는 무게중심이 통 쪽으로 쏠리는 걸 느끼며 급히 몸 쪽으로 끌어당겼다.

'이건 뭐지? 그리고 왜 이런 게 우주 괴수의 몸속에 있지?'

도무지 영문을 알 수 없었다.

하지만 일단은 중요한 물건 같다. 나는 금속 통을 시공간의 주머니에 집어넣으며 스스로를 스캐닝했다.

오러: 439(622)

'좋았어!'

마음속으로 절로 쾌재가 나왔다.

단지 대량의 스텟이 올랐기 때문만은 아니다.

중요한 건 방금 오른 스텟과 퀘스트의 보상으로 얻은 스텟의 합이 50을 넘어갔다는 사실이다.

하루에 수련을 통해서 높일 수 있는 오러 스텟의 최대치는 50.

하지만 퀘스트의 보상이나 사냥을 통해 얻은 스텟은 거기에 포함되지 않는다.

물론 해보지 않으면 모르는 일이다. 하지만 실제로 해보니 사실이었고, 바로 그 사실이 날 행복하게 만들었다.

만약 그렇게 되지 않았다면 나는 들끓는 젊음의 혈기에 찬물을 부어서라도 도망치는 길을 선택할 수밖에 없었을 것이다.

나는 지속 시간이 몇 분 안 남은 워터 드래곤을 돌아보며 소리쳤다.

"수고했어! 지금부터 대신전을 마음껏 파괴해!"

―쿠우우우우오오오오오오!

워터 드래곤은 격렬한 포효로 대답했다.

드래곤은 거대한 앞발을 마구 휘두르며, 이미 반쯤 무너진 대신관의 본관을 무차별로 공격하기 시작했다.

그리고 나는 스캐닝을 통해 퀘스트의 해결 현황을 실시간으로 확인했다.

그렇게 1분이 더 지나고, 워터 드래곤이 대신전의 성물의 방을 향해 몸을 날린 순간.

퀘스트1: 회귀의 반지를 파괴하라(최상급)
퀘스트2: 신성제국을 무너뜨려라(최상급)
퀘스트3: 레비교의 대신전을 파괴하라(상급) ― 성공!

세 번째 퀘스트가 동시에 해결됐다.

나는 사방에 피어오른 뿌연 먼지를 피해 뒷걸음을 쳤다

그리고 먼저 발동시킨 오러를 거둔 다음, 곧바로 퀘스트의 보상을 진행했다.

그리고 바로 그때, 하늘에서 엑페가 내려왔다.

"대단해, 너 정말 대단하구나? 정말 혼자서 대신전을 무너뜨리고, 거기에 저 몬스터까지 퇴치했어!"

엑페는 진심으로 감탄한 표정이었다.

그런데 이번엔 혼자가 아니었다. 나는 엑페의 옆으로 함께 착지한 노파를 보며 숨을 삼켰다.

"이시테르 선생님?"

"그래. 너구나."

이시테르는 복잡한 표정으로 고개를 끄덕였다.

그녀는 몇 달 전에 내게 6단계 마법인 '베리드'를 가르쳐 준 아크 위저드다.

그와 동시에 나는 극심한 현기증을 느끼며 잠시 비틀거렸다.

"왜 그러지? 저 보이디아 차원의 몬스터를 쓰러뜨리느라 힘을 너무 많이 썼니?"

엑페가 걱정스러운 얼굴로 물었다. 나는 손을 뻗어 좌우로 흔들며 낮은 목소리로 대답했다.

"아니… 아닙니다. 잠시만… 10초만 기다려 주십시오."

현기증의 원인은 퀘스트의 보상을 선택한 덕분에 레벨이 올라갔기 때문이다.

나는 심호흡을 반복하며 스스로를 스캐닝했다.

이름: 레너드 조
레벨: 43
종족: 지구인, 초월자, 정령왕의 화신

기본 능력
근력: 602(454)
체력: 401(462)
내구력: 313(255)
정신력: 90(99)
항마력: 717(623)

특수 능력
오러: 417(662)
마력: 255(405)
신성: 0
저주: 40(40)

됐다.
오러 스텟의 최대치가 650을 넘겼다.
이젠 나도 소드 마스터다.

물론 엑페의 오러 스텟은 여전히 나보다 높다. 하지만 내겐 노바로스의 강화가 있고, 두 번의 죽음을 통해 파악한 정보가 있다.

"일단 사과부터 하마."

엑페는 조심스러운 표정으로 말했다.

"네가 싸우는 걸 위에서 계속 지켜보고 있었어. 몬스터를 사냥할 때 내려가서 좀 도왔어야 하는데… 너무 재밌다 보니 끝까지 구경만 하고 말았지 뭐니?"

"우주 괴수… 아니, 공허 합성체를 사냥하실 생각이셨습니까?"

"그래. 그러려고 저 위에서 기다리고 있었지. 그런데 갑자기 네가 뛰어들어서… 그런데 이름이 뭐니?"

"문주한입니다."

나는 숨김없이 대답했다.

어차피 옆에 이시테르가 있기 때문에 숨겨봤자 소용도 없다. 엑페는 가만히 고개를 끄덕이며 말했다.

"그렇구나. 네가 바로 문주한이었어. 최근에 소문을 좀 들었지. 블랑크가 이야기해 주기도 했고."

"어떤 소문입니까?"

"좋은 소문은 아니야. 신성제국 입장에서 말이지. 하지만 신경 쓰지 마렴. 나는 전혀 신경 안 쓰니까. 아, 그러고 보니 아직 내 소개를 안 했네."

엑페는 칼을 뽑아 들며 우아한 포즈로 인사를 건넸다.

"난 엑페라고 한다. 이름 정도는 들어봤겠지?"

"물론입니다. 검신 엑페. 그냥 엑페 님이라 불러도 될까요?"

"어머, 얘가 말이 좀 통하네?"

엑페는 반가운 듯 미소를 지었다.

"걱정 말고 편한 대로 부르렴. 나도 주한이라고 부를 테니까."

"네. 그럼 엑페 님, 지금부터 저와 싸우실 생각입니까?"

나는 단도직입적으로 물었다. 엑페는 눈을 동그랗게 뜨며 옆에 있는 이시테르를 보았다.

"방금 들었니? 이시테르. 내 평생 저렇게 내 마음을 꿰뚫어 보는 남자는 처음이야."

"조심하십시오, 엑페 님. 저 아이는 예사 인물이 아닙니다. 오러도 쓰지만 마법도 상당합니다."

"나도 알아. 방금 봤잖아? 드래곤을 소환하던데? 그런데 그건 대체 무슨 마법이야?"

"아마도 정령 마법이겠죠. 그 이상은 저도 모릅니다."

이시테르는 거기까지 말하고는 고개를 저었다. 나는 그녀를 보며 낮은 목소리로 물었다.

"선생님도 함께 싸우실 겁니까?"

그러자 엑페가 대신 대답했다.

"응? 절대 아니지. 내 평생 처음으로 '인간'을 상대로 제대로 싸워보려는데, 방해꾼이 끼어서 쓰겠니? 이시테르, 당장 저 위로 다시 올라가렴! 위에서 구경하고 있어!"

엑페는 파리라도 쫓는 것처럼 손바닥을 펄럭였다. 이시테르는 한숨을 내쉬며 다시 하늘 위로 날아올랐다.

엑페는 미소를 지으며 날 마주 보았다.

"그래. 척하면 척이구나. 너도 날 아는 거지. 나도 네가 어떤 인간인지 알 것 같아. 주한, 우린 둘 다 진짜 승부에 굶주린……."

"아닙니다."

나는 고개를 저었다.

"굶주린 건 당신뿐입니다. 그럼 시작할까요?"

나는 꺼두었던 오러를 다시 발동시켰다. 그러자 엑페는 기겁을 하며 소리쳤다.

"잠깐! 너 뭐니! 그 보라색 오러는? 방금 전까지만 해도 남색이었잖아! 설마……."

"네. 바로 그 설마입니다."

나는 고개를 끄덕였다. 엑페는 즉시 한 발 물러나며 오러를 발동시켰다.

"대단해… 이런 행운이 있을 수 있지? 방금 그 몬스터를 잡고 소드 마스터로 각성한 거야?"

"네. 제가 운이 좀 좋은 편입니다."

"아니, 아니, 너 말고. 나 말이야."

엑페는 행복해 못 살겠다는 표정으로 웃었다. 나는 혀를 내

두르며 고개를 저었다.

*   *   *

먼저 움직인 건 엑페였다.

그녀는 칼을 쥔 손과 쥐지 않은 손을 번갈아 휘두르며 맹렬한 공격을 퍼부었다.

마치 이도류를 쓰듯.

나는 모르는 척 의식하지 않고 진짜 검에 반응했다.

파직!

파직!

파지지지직!

두 검이 서로를 스칠 때마다 강렬한 불꽃과 함께 보라색 오러의 파편이 사방으로 튀어 오른다.

전에는 이것만으로도 내 몸이 마구 뒤로 밀리거나, 혹은 앞으로 쏠렸다.

하지만 지금은 상황이 전혀 다르다.

지금 내 힘은 엑페의 그것을 완전히 압도한다.

처음 몇 초만 잠시 헤맸을 뿐이다. 적응이 끝난 직후부터 엑페의 검은 충돌 순간 사정없이 뒤로 튕겨 나갔다.

엑페는 튕겨 나간 칼과 몸을 놀랍도록 부드럽게 제어하며 공세의 끈을 놓지 않았다.

동시에 그녀의 빈손이 내 쪽으로 날아왔다. 나는 그녀의 손에 고스트 소드가 생성되는 타이밍을 맞춰 그것을 맞받아쳤다.

파지지지지지직!

충돌 순간, 적의 고스트 소드는 산산조각으로 분해되며 소멸했다.

하지만 엑페는 전혀 당황하지 않았다. 그녀는 처음부터 이렇게 될 줄 알고 있었다는 듯, 몸을 회전하며 양손으로 진짜 칼을 쥔 채 전력으로 휘둘렀다.

파지지지지지직!

맞받아친 순간, 내 몸이 붕 뜨며 뒤로 날아갔다.

'강해!'

그것은 두 번의 죽음을 포함해 처음 경험하는 힘이었다.

덕분에 약간의 간격을 확보한 엑페는 찰나의 순간을 활용해 소드 스톰을 발동시켰다.

쉬이이이이이이이익!

총 스물두 개의 고스트 소드가 믿을 수 없을 만큼 엄청난 속도로 날아온다.

하지만 그사이, 나는 이미 한발 앞서 휘몰아치는 칼의 폭풍의 사정권 자체를 벗어났다.

파지지지지지지지지지직!

텅 빈 지면에 꽂힌 고스트 소드들이 강렬한 반응을 일으키며 소멸했다.

내가 한 것은 그저 착지와 동시에 몸을 왼편으로 날렸을 뿐이다.

하지만 그것만으로도 적의 기술을 완전히 무효로 돌릴 수 있었다. 엑페는 믿을 수 없다는 표정으로 숨을 크게 들이마셨다.

"대단해! 방금 그거! 그거 있잖니! 진짜 좋았어!"

"네?"

"넌 내가 고스트 소드를 숨기고 있다는 걸 예측하고 있었지? 나도 네가 예측했다는 걸 알고 있었어. 그래서 간격을 만들어 소드 스톰으로 결착을 내려고 준비를 했거든! 아, 소드 스톰은 방금 전에 내가 사용한 기술이야. 고스트 소드 여러 발을 동시에 날린 거."

"아… 네."

"그건 내 고유 스킬이라 아무도 몰라. 그런데 넌 내가 뭔가를 더 숨기고 있다는 걸 이미 파악하고 있던 거야! 그래서 내 공격에 일부러 뒤로 밀려나 준 거고. 그렇지? 네 힘이 나보다 강하잖아? 그러니 힘으로 맞서서 안 밀릴 수도 있었는데, 일부러 내가 소드 스톰을 쓰도록 유도했어! 이게 진짜 검술이지! 이게 진짜 싸움이야!"

엑페는 믿을 수 없을 만큼 행복해 보였다.

나는 살짝 질리는 기분을 느꼈다. 그녀는 정말 사랑에라도 빠진 듯한 얼굴로 날 바라보았다.

"그럼 다시 해볼까, 주한 군?"

"네. 이번엔 끝을 내도록 하죠."

이번에는 내가 먼저 몸을 날렸다. 그녀는 자신이 가진 모든 기술을 총동원해서 힘의 격차를 메우려 했다.

*   *   *

하지만 격차가 너무 컸다.

오러는 발동 순간 기본 스텟을 높여준다.

개인차가 있지만 오러 유저는 약 30퍼센트, 소드 익스퍼트는 50에서 60퍼센트 정도다.

그리고 직접 경험한 결과, 소드 마스터는 기본 스텟의 최대치만큼 현재 스텟이 추가로 상승한다.

즉, 상승 폭이 100퍼센트다.

거기에 나는 노바로스의 강화를 통해 50퍼센트의 스텟이 추가적으로 오른다.

곱연산이 아니라 합연산인 건 아쉽지만, 어쨌든 이것만으로도 같은 소드 마스터인 엑페의 기본 스텟을 가볍게 뛰어넘는다.

그리고 새로운 전투가 30초 정도 흘렀을 무렵, 나는 스스로가 가진 힘을 확신할 수 있었다.

'이 전투는 내가 끝내고 싶으면 얼마든지 끝낼 수 있다.'

그래서 나는 수평으로 날아오는 적의 베기를 피하지 않고 막아냈다.

파지지지지지직!

엑페는 기다렸다는 듯이 비어 있는 왼손에 고스트 소드를 만들며 내리 그었다.

파지지지지직!

나는 그것도 튕겨냈다.

하지만 엑페는 멈추지 않았다. 그녀는 마치 허공에서 칼을 뽑아내듯, 소멸과 동시에 새로운 고스트 소드를 만들며 폭풍처럼 연속 공격을 이어나갔다.

그렇게 여섯 번째 고스트 소드를 만들어낸 순간, 나는 그녀의 다리를 향해 칼을 휘둘렀다.

파지지지지지직!

그녀는 순간 반응하며 고스트 소드로 그것을 받아냈다.

그리고 나는 몸 전체를 앞으로 기울이며 그녀의 가슴을 어깨로 들이받았다.

동시에 우직, 하는 소리가 들렸다.

한순간 튕겨난 그녀는 지면을 향해 완만한 사선을 그리며 날아갔다.

하지만 땅에 처박히려는 찰나, 먼저 칼을 지면에 꽂으며 몸에 균형을 회복했다.

푸확!

그것도 그냥 회복한 게 아니었다. 그녀는 지면에 꽂은 칼에 대량의 오러를 부어 넣었다.

'온다.'

나는 지면을 박차며 옆으로 몸을 날렸다. 동시에 내가 서 있던 땅에서 보라색의 오러가 맹렬한 기세로 솟아오르기 시작했다.

마치 간헐천처럼.

그것이 바로 내게 두 번째 죽음을 선사했던 엑페의 고유 스킬, 오러 가이저였다.

위력은 엄청나다. 3단계 소드 익스퍼트를 단 한 번에 즉사시킬 정도로.

하지만 충분한 근력을 가지고 있고, 미리 발밑에서 날아온다는 걸 아는 이상 충분히 피할 수 있다.

"말도 안 돼……."

엑페는 허망한 얼굴로 중얼거렸다.

나는 곧바로 그녀를 향해 컴팩트 볼을 날린 다음.

콰과과과과광!

그 충격이 가시기 전에 직접 몸을 날려 수직으로 칼을 내리그었다.

막는다.

하지만 막는 바로 그 순간, 오러 브레이크를 전개했다.

콰과과과과과과광!

분출된 오러가 폭발을 일으키며 엑페의 몸을 뒤쪽으로 밀어냈다. 덕분에 두 칼은 서로 닿지 못한 채 허공을 스쳤다.

일부러 그렇게 한 것이다. 나는 목표를 잃은 칼을 허공에서 멈춘 다음, 곧바로 찌르기로 전환해 앞으로 날렸다.

적의 명치를 향해.

"큭!"

엑페는 전력을 다해 몸을 비틀며 그것을 피해냈다.

파지지지지직!

스치지도 않았는데 적의 오러가 반응한다. 나는 내지른 검을 회수하는 대신, 그대로 몸 전체를 앞으로 날리며 그녀의 몸을 들이받았다.

다시 한 번 그녀의 몸에서 우직, 하는 소리가 들렸다.

한참을 튕겨 날아간 적은 흙먼지를 마구 일으키며 땅 위를 마구 뒹굴었다. 나는 충격과 동시에 몸을 날리며, 날아간 적의 머리 위로 뛰어올랐다.

그리고 지면을 향해 칼을 휘둘렀다.

파지지지지직!

하지만 막아냈다.

정신없이 지면을 튕기며 구르던 와중에도 엑페는 반사적으로 칼을 들며 내 공격을 받아냈다.

하지만 거기까지였다.

나는 충돌한 칼을 그대로 찍어 누르며 쓰러진 적의 몸을 몸 전체로 누르기 시작했다.

파지지지직!

파지지지지직!

파지지지지직!

맞닿은 칼날에서 엄청난 기세로 오러의 파편이 튀어나왔다.

오러의 최대치만큼은 그녀가 나보다 강하다.

하지만 근력은 내가 훨씬 위다. 그리고 이런 힘겨루기 자세에서는 기술로 힘의 격차를 줄이는 게 불가능하다.

"큭……."

쓰러진 채 검을 받아낸 엑페는 결국 자신의 칼날에 의해 몸이 잘릴 처지가 되었다.

내가 맞대 누르는 힘을 풀지 않는 이상, 그녀는 이대로 하릴없이 죽을 것이다.

반드시.

하지만 착각이었다.

그녀는 쓰러진 자세 그대로 사방에 오러를 방출시켰고, 방출된 오러는 십여 자루의 고스트 소드로 뭉쳐 내 몸을 향해 내리꽂히기 시작했다.

나는 즉시 힘을 풀며 뒤쪽으로 몸을 날렸다.

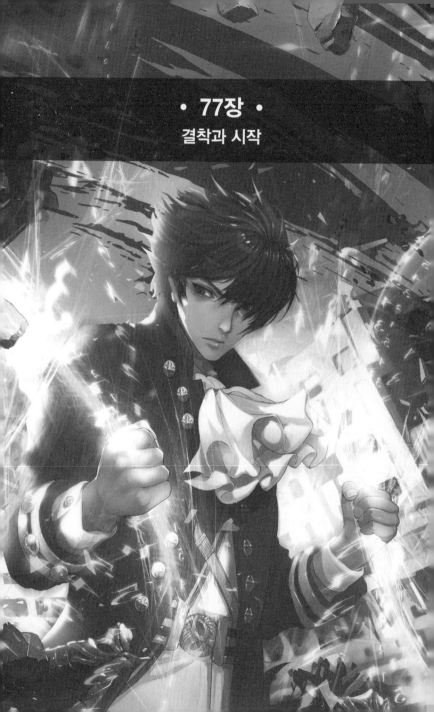

· 77장 ·
결착과 시작

파지지지지지지지직!

고스트 소드는 허공을 가르며 지면에 꽂혔다.

'대단하군.'

나는 진심으로 감탄했다.

엑페는 자신이 만든 검의 경로를 미리 세심하게 조정해, 전부 빗나갔을 경우에도 결코 자신의 몸을 찌르지 않도록 안배해 놓았다.

그리고 동시에 손바닥으로 지면을 내려쳤다.

콰앙!

그리고 내가 지면에 착지하려는 바로 그 순간, 착지 장소로

부터 오러의 간헐천이 폭발했다.

'오러 가이저! 맨손으로도 쓸 수 있는 거였나?'

나는 반사적으로 노바로스의 방벽을 전개했다.

파지지지지지직!

숫구치는 적의 오러가 순식간에 방벽을 휘감으며 폭발을 일으켰다.

콰과과과과과과광!

나는 눈앞이 아득해지는 것을 느꼈다.

단 일격에 노바로스의 방벽이 소멸했다.

하지만 거기까지였다. 발동시킨 오러가 꽤나 줄어들긴 했지만, 노바로스의 방벽이 대부분의 힘을 받아줬기 때문에 육체적인 피해는 없었다.

'끝낼 수 있을 줄 알았는데……'

나는 스스로의 자만을 되새기며 적을 향해 칼을 겨눴다.

하지만 엑페는 여전히 바닥에 쓰러진 상태였다.

"후후……"

그러다 갑자기 웃음을 터뜨리기 시작했다.

"크크… 아하하하하하하하하!"

'왜 저러지? 미쳤나?'

나는 당황하며 그녀의 상태를 스캐닝했다.

그러자 이해할 수 있었다.

기본 능력

근력: 708(507)

체력: 671(503)

내구력: 89(401)

정신력: 27(55)

항마력: 886(438)

특수 능력

오러: 29(745)

마력: 0

신성: 0

저주: 0

오러가 바닥났다.

기본 스텟은 아직 여력이 있지만, 더 이상 정상적으로 싸우는 건 무리일 것이다.

"하하하하… 아니, 세상에. 오러 가이저를 정통으로 맞았는데 멀쩡하잖아?"

그녀는 칼을 놓으며 완전히 큰대자로 뻗었다.

"이건 드래곤도 거의 한 방에 죽이는 기술인데, 믿을 수가 없네. 정말 대단하구나, 너."

"……."

"이제 됐어. 만족해. 그러니 이제 마음대로 하렴. 죽어도 여한이 없으니까."

그러고는 눈을 감아버렸다.

나는 반사적으로 몸을 날렸다.

하지만 그 순간, 하늘에서 누군가 날아와 엑페의 앞을 가로막았다.

"멈춰라!"

그녀는 이시테르였다.

나는 그녀의 허리를 반으로 자르지 않기 위해 몸 전체에 브레이크를 걸어야 했다.

"이시테르 선생님?"

"그만둬라, 주한."

이시테르는 주름진 얼굴에 진땀을 흘리고 있었다.

"이제 그만해. 엑페 님은 이런 곳에서 돌아가시면 안 된다."

"괜찮아, 이시테르! 그냥 끝장내라고 해! 그게 당연한 권리야!"

엑페가 소리쳤다. 이시테르는 세차게 고개를 저으며 거부했다.

"안 됩니다! 여기서 당신이 죽으면 정령왕의 분쟁을 누가 막겠습니까!"

'정령왕의 분쟁?'

나는 칼을 거두며 한 발 뒤로 물러났다. 이시테르는 그 자리에서 양 무릎을 꿇으며 말했다.

"부탁한다. 아니, 부탁하네. 비록 하루지만 그래도 내가 그대의 스승 아니었나? 자넨 내게 빚을 졌어. 부탁이니 지금 그 빚을 갚아주면 안 되겠나?"

"이시테르, 구차하게 그러지 마! 이건 정말 좋은 승부였어! 이게 바로 내가 꿈꿔왔던 바로 그런 마지막이야!"

"당신은 제발 좀 닥치고 계십시오!"

이시테르는 목에 핏대를 세우며 소리쳤다.

"엑페! 언제까지 그렇게 제멋대로 사실 겁니까! 여기선 제발 이 늙은이 말 좀 들어주세요! 목숨을 아껴야 할 때란 걸 왜 모릅니까! 당장 무릎 꿇고 살려달라고 빌어요! 그럼 이 젊은이도 사정을 봐줄 겁니다!"

"이럴 줄 알았으면 널 데려오지 않았을 텐데……."

엑페는 고개를 저으며 긴 한숨을 내쉬었다.

그러다 갑자기 몸을 일으켰고, 이내 그 자리에 무릎을 꿇었다.

"알았어. 나도 부탁할게. 주한 군, 괜찮으면 날 좀 살려주겠니? 살려만 주면 무슨 소원이라도 들어줄게. 아니, 물론 내가 할 수 있는 일이라면 너도 다 할 수 있겠지만……."

"괜찮습니다."

나는 고개를 저으며 말했다.

"그럴 필요 없습니다. 이만 검을 거두겠습니다."

꼭 이시테르에게 빚을 갚기 위해서 이러는 건 아니다.

어차피 보는 사람도 없고, 본다 해도 상관없다. 정말 반드시 죽여야 한다면 이시테르도 엑페도 동시에 죽이고 돌아가 버리면 그만이다.

하지만 반드시 죽일 필요는 없다.

그녀의 존재는 내가 이시테르에게 입은 은혜를 원수로 갚을 정도로 심각한 것이 아니었다.

그리고 죽일 때 죽이더라고 알아내야 할 정보가 있었다. 나는 완전 무방비로 무릎을 꿇고 있는 이시테르에게 손을 내밀며 말했다.

"그만 일어나십시오, 선생님."

"…고맙네. 정말 고마워."

이시테르는 연신 고개를 꾸벅였다. 나는 엑페에게 한 발 다가가며 물었다.

"대신 궁금한 게 있습니다. 대답해 주시겠습니까?"

"뭐든 해. 뭐든 대답해 줄 테니까."

엑페는 반쯤 취한 듯한 표정이었다. 나는 그녀를 다시 한 번 스캐닝하며 물었다.

"당신은 퀘스트가 보입니까?"

*　　　　*　　　　*

엑페는 잠시 동안 멍하니 침묵했다.

"하, 하하하……."

그러다 다시 웃기 시작했다. 이시테르는 엑페의 곁으로 다가
가며 당황한 얼굴로 물었다.

"엑페 님, 괜찮으십니까?"

"하하… 아… 괜찮아, 이시테르. 문제없어."

"혹시 머리를 다치신 게……."

"아니야. 머리를 다친 것도 아니고, 갑자기 미친 것도 아니니
까 걱정 마렴. 그보다도 이제 다 끝났으니까……."

엑페는 완전히 붕괴된 대신전을 잠시 돌아보다 말했다.

"그만 돌아가지 않겠어?"

"돌아가라니, 저 혼자 말입니까?"

"그래."

"하지만……."

"난 따로 할 이야기가 있거든. 여기 있는 이 자비로운 주한
님과 단둘이 말이야."

엑페는 가볍게 윙크를 했다. 이시테르는 불안한 얼굴로 나
와 엑페를 번갈아 보았다.

"알겠습니다. 멀지 않은 곳에서 기다리겠습니다."

"그냥 돌아가도 돼. 에델가 폭포에 있는 네 집까지."

"말 같지 않은 소리를… 언페이트의 탑에 가 있겠습니다."

이시테르는 한숨을 내쉬며 하늘로 떠올랐다.

그리고는 서쪽을 향해 느릿한 속도로 날아가기 시작했다. 엑페는 멀어지는 이시테르를 보며 가볍게 코웃음을 쳤다.

"나는 자식이 없어서 이젠 저 아이가 내 딸 같아. 물론 겉으로 보면 내가 저 아이의 손녀처럼 보이겠지만……."

그리고 날 돌아보며 한쪽 어깨를 으쓱였다.

"미안해. 갑자기 웃어서."

"아닙니다. 그보다도 퀘스트에 대해 말해주십시오."

"퀘스트라. 그래, 난 퀘스트를 알고 있지. 그리고 볼 수 있어."

그녀는 자신의 몸을 이리저리 훑어보며 말했다.

"다섯 살 때쯤이던가? 그때부터 이게 보이기 시작했지. 처음엔 그렇게 어렵지 않은 퀘스트가 생겨서 쉽게 해결하면서 보상을 얻을 수 있었어."

"대체 지금까지 몇 개의 퀘스트를 해결하신 겁니까?"

"글쎄? 한 20개쯤?"

그녀는 잠시 고개를 갸웃거리다 말을 이었다.

"아니, 25개쯤 될 거야. 아무튼 그랬구나. 너도 퀘스트를 통해서 그렇게 젊은 나이에 강해질 수 있던 거야. 그렇지?"

"꼭 그렇지는 않습니다만… 어쨌든 연관은 있습니다."

내가 가진 특수 스텟은 대부분 내가 수련이나 사냥을 통해 얻은 것이다.

나는 가볍게 헛기침을 하며 질문을 바꿨다.

"그런데 왜 각인 능력을 높이지 않았습니까?"

"각인 능력? 그걸 왜 높여? 조금이라도 빨리 오러 스텟을 쌓아야지."

"그럼 설마… 퀘스트의 해결 보상으로 모조리 오러 스텟을 선택한 겁니까?"

그녀는 고개를 끄덕였다. 나는 속으로 탄식하며 고개를 저었다.

'그래서 퀘스트를 저렇게 많이 해결했는데도 초월 능력이 하나도 없구나. 아니, 그전에 각인 능력이 언어의 각인 하나뿐인데…….'

"그런데 주한 군, 내가 각인 능력을 높이지 않은 건 어떻게 알고 있는 거니?"

"알아낼 방법이 있습니다. 시간이 없으니 질문은 제가 하도록 하죠."

나는 유리가 완전히 박살 난 손목시계를 들여다보며 물었다.

"당신은 신성제국의 황족 출신이지만, 정작 신성제국의 편은 아니라고 들었습니다. 사실입니까?"

"사실이야. 레비의 대신전이 맘에 안 들어서."

"지금까지 자유 진영에 해를 끼친 적이 있습니까?"

"해? 내가 왜 그러겠어?"

엑페는 어깨를 앞뒤로 교차하며 흔들었다.

"난 1년에 10개월은 자유 진영에서 살아. 사람들이 스캐닝만 쓰면 정체가 드러나니 꽁꽁 숨어 살았지만… 아, 그래도 최근에 스캐닝 자체가 사라져서 속이 다 후련하네. 이제 정체가들통 날 걱정을 안 하고 마음껏 돌아다녀도 되잖니?"

"왜 정체를 숨겨야 합니까? 소드 마스터이면서?"

"소드 마스터니까 숨겨야지. 괜히 눈에 띄면 자유 진영을 돌아다니기 힘들잖아? 이젠 심심해서 제국 같은 곳에서 못 살아. 차원경도 없는 나라에서 무슨 재미로 살겠니?"

"네? 차원경?"

"그래, 차원경. 난 지구의 팬이란다."

그녀는 허공에 차원경 모양의 직사각형을 그리며 웃었다.

"처음에는 퀘스트도 있고 해서 이것저것 찾아봤지. 이제는 차원경 없이는 못 사는 몸이 되었고."

"그런……"

나는 헛웃음을 지으며 질문을 계속했다.

"알겠습니다. 그럼 아까 이시테르 선생님이 말씀하신 '정령왕의 분쟁'은 무슨 소립니까?"

"내 퀘스트야. 지금 땅의 정령왕과 냉기의 정령왕이 수백 년동안 계속해서 싸우고 있거든. 내가 가끔 거기 가서 싸움이더 커지지 않도록 김을 빼주고 있어."

하지만 엑페의 퀘스트 창에는 문제의 퀘스트가 여전히 남아 있다.

퀘스트4: 냉기의 정령왕과 대지의 정령왕의 분쟁을 중재하라(최상급)

'아직 완전히 중재가 안 되서 해결이 안 된 건가? 그런데 최상급 퀘스트라니… 최상급 퀘스트의 보상으로 스텟을 선택하면 대체 얼마나 오르는 걸까?'

나는 잠시 생각하다 계속 물었다.

"두 정령왕의 분쟁을 막지 못하면 어떻게 됩니까?"

"나도 모르지. 아마 레비그라스에 엄청 큰 지진이 나지 않을까? 아무튼 좋을 건 없으니까 꾸준히 하고 있어."

그래서 좀 전에 이시테르가 엑페에게 목숨을 아끼라고 한 것이다.

나는 당장에라도 베어 날릴 수 있는 그녀의 목을 보며 잠시 생각에 잠겼다. 엑페는 묘한 미소를 지으며 은근한 목소리로 물었다.

"고민하고 있니? 날 죽일지 말지."

"……"

"아까 딱 거기서 죽었으면 좋았을 텐데. 지금은 좀 흥이 식었어. 오히려 살아서 해보고 싶은 것도 생겼고. 앞으로 나쁜 짓은 안 할 테니까, 그냥 살려주면 안 될까?"

그녀는 양손을 모으며 부탁했다. 나는 쓴웃음을 지으며 물었다.

"앞으로 나쁜 짓을 안 하다니, 그럼 지금까지는 나쁜 짓을 해오셨습니까?"

"그럼. 하는 일도 없이 신성제국의 연금만 축내면서 살았지. 제국이 좀 도와달라는 것도 거절하고, 인재를 육성해 달라는 것도 거절하고."

"그런 게 나쁜 짓이라면… 앞으로도 계속 해주시면 감사하 겠습니다. 그보다는 고유 스킬을 전수해 주시지 않겠습니까?"

나는 문득 몇 주 전에 팔틱과 나눴던 대화를 떠올리며 물 었다.

"내 고유 스킬 말인가. 허허… 미안하네. 다른 건 다 해도 그건 안 돼. 이건 내 평생에 쌓아 만든 내 모든 것이야. 그걸 자네가 단 며칠 만에, 아니, 몇 시간 만에 익혀 버리면 이 늙은이가 견딜 수 없지 않겠나? 그리고 이게 딱히 도움이 된다고 확신할 수도 없 네. 그러니 포기하고, 자네도 평생을 걸고 스스로의 고유한 기술 을 만들어보게나."

팔틱은 그렇게 말하며 자신이 가지고 있는 고유한 소드 스 킬의 전수를 거절했다.

하지만 엑페는 단번에 승낙했다.

"좋아. 그러지, 뭐. 그거면 돼?"

"…네. 소드 스톰과 오러 가이저 둘 다 전수해 주십시오. 그 전에 일단 고스트 소드부터 배워야겠지만요."

"오케이, 알겠어. 가르치는 거야 어렵지 않으니까. 사실 나야 말로 부탁하고 싶던 거였던걸."

"네?"

"아니, 아무것도 아냐. 그보다 언제부터 시작할까? 설마 지금 당장?"

그건 무리였다. 나는 맵온에 표시되는 대규모의 붉은 점을 노려보며 고개를 저었다.

"제국군이 몰려오는 것 같으니, 지금은 안 되겠군요. 나중에 가르쳐 주십시오. 뱅가드의 파라운트 호텔에 오시면 제가 찾아가겠습니다."

"그래. 그렇게 할게."

엑페는 고개를 끄덕이며 오른손을 내밀었다. 나는 그녀의 쿨한 태도에 강한 인상을 느끼며 악수를 나눴다.

그제야 새벽 동이 트며 주변이 환해지기 시작했다. 나는 엑페에게 눈인사를 한 다음, 곧바로 남서쪽을 향해 질주하기 시작했다.

*   *   *

신관들이 머무는 숙소 동은 완전히 폐허로 변해 있었다. 블룸은 얼굴에 묻은 피를 닦으며 어수선한 주변을 둘러보았다.

"자, 이쪽이다! 시체를 빨리 모아 와!"

"최대한 흔적을 남기면 안 돼! 빅맨 님께 싹 모아 와라!"

"빅맨 님, 바깥쪽에 시체를 따로 모아놨습니다! 시간이 없으니 빠르게 처리해 주십시오!"

주변에는 죽은 신관의 시체를 모아오는 진입 팀과 그들이 모아온 시체를 흡수하고 있는 빅맨이 숨 가쁘게 움직이고 있었다.

'대충 끝났나?'

블룸은 방금 자신이 해치운 하이 템플러의 시체를 직접 끌고 빅맨의 옆으로 가져가며 말했다.

"여, 수고가 많군. 앞으로 3분 후에 철수니까 할 수 있는 만큼만 해."

"흔적을 남기면 안 되는 게 아니었나?"

빅맨은 무표정한 얼굴로 되물었다. 블룸은 빅맨의 덩치가 자신과 비교해서 얼마나 차이 나는지 잠시 비교하다 고개를 저었다.

"그래봤자 완전히 숨길 수 있는 건 아니니까. 목적은 혼란을 주는 거지. 추격대나 지원군이 수용소에 도착했을 때 말이야. 사방이 피범벅인데 시체가 하나도 없이 텅 비어 있으면 얼마나 놀라겠어?"

"…알겠다."

빅맨은 목이 갑갑한지 넥타이를 풀어 주머니에 쑤셔 넣었다. 그러고는 곧바로 쌓인 시체들을 계속해서 흡수하기 시작했다.

팡! 팡! 파앙!

그때 멀리 남쪽 하늘에서 붉은 폭죽이 세 번 연속으로 터져 올랐다.

그것은 도주하는 적들을 완전히 추격해 섬멸했다는 포위팀의 신호였다. 동시에 커티스가 수용소 구역에서 달려오며 소리쳤다.

"지구인 확보 완료! 총 106명을 확보해서 전부 2번 거점으로 보냈음! 지구인 담당 팀도 나 말고 전부 철수했다!"

"좋아! 지금부터 1분 후에 전원 퇴각한다!"

블룸은 쩌렁쩌렁한 목소리로 소리쳤다.

"진입 팀은 당장 하던 일을 멈추고 퇴각해! 작전 완료다!"

그러고는 벨트에 찬 주머니에서 폭죽을 꺼내 하늘로 터뜨렸다.

파앙! 파앙!

그것은 지구인 담당 팀과 진입 팀이 모든 작전을 끝냈다는 신호였다.

안타깝게도 진입 팀의 팀장을 맡고 있던 흑룡기사단의 기사는 작전 중에 목숨을 잃었다.

그리고 또 다른 흑룡기사단원인 루니아는 중상을 입고 이미 후방으로 퇴각한 상태였다. 블룸은 그들의 역할까지 대신

하며 남은 모든 팀을 책임지고 있었다.

'강력한 놈들이 꽤나 많았지… '하이 템플러'의 수장인 라크돈이 없었다는 게 천만 다행이지만.'

라크돈은 3단계 소드 익스퍼트로, 급이 낮은 자신이나 흑룡기사단이 일대일로는 절대 당해낼 수 없는 강적이었다.

'그렇다면 십중팔구 레비의 대신전에 있다는 말인데… 문팀장이 한층 더 고생하겠구만. 아무튼 세뇌가 싹 풀린 걸 보면 작전은 성공한 것 같은데……'

블룸은 퇴각하는 팀원들을 둘러보다, 아직까지 자신의 옆에 서 있는 커티스를 돌아보며 물었다.

"왜 그러지? 난 마지막까지 남아 있을 거니까 내 눈치 볼 거 없이 빨리 퇴각해!"

"그쪽 눈치를 보는 게 아니다."

커티스는 여전히 시체를 흡수하고 있는 빅맨을 보며 고개를 저었다.

"나는 빅맨을 기다리고 있는 거다. 당신이야말로 신경 쓸 필요 없어. 우리끼리 서로 챙기는 것뿐이니까."

"헤, 지구인들끼리의 의리라는 건가? 그런 거 나쁘지 않아."

블룸은 씩 웃으며 커티스의 등을 두드렸다.

그런데 무언가 이상한 생각이 들었다. 블룸은 기존에 들었던 보고와 커티스가 방금 전한 보고의 괴리를 느끼며 다시 물었다.

"그런데 총 106명이라고? 확보한 지구인 말이야."

"그렇다."

"확보 과정에서 얼마나 죽었지?"

"작전 중에 사망한 지구인은 한 명도 없다. 작전 전에 이미 사망해 버린 지구인은 있었어도. 예상보다 세뇌가 너무 빨리 풀린 탓이지."

"그게 몇 명인데?"

"발견된 시체는 다섯 구다."

"그래도 숫자가 좀 안 맞는데……."

블룸은 손가락을 쥐었다 폈다 하며 눈살을 찌푸렸다.

크로니클이 사전에 확보한 정보에 따르면 수용소에서 관리하던 지구인의 숫자는 대략 140명이었다.

물론 완벽한 정보는 아니다. 그럼에도 차이가 30명이 나는 것은 마음에 걸렸다.

"혹시 어딘가에 비밀 장소 같은 게 있고, 거기에 지구인이 숨겨져 있을 가능성은 없나?"

블룸이 물었다. 커티스는 단호한 표정으로 고개를 저었다.

"절대."

"절대?"

"내가 전부 확인했다. 지하의 빈 공간이나, 벽 안의 숨겨진 공간 같은 건 전부 체크했으니 걱정 마라."

"그러고 보니 회장님이 그런 쪽에서는 당신을 신뢰해도 된다고 했지… 좋아. 오케이! 그럼 우리 모두 철수한다!"

블룸은 커티스와 빅맨의 어깨를 동시에 잡아끌며 달리기 시작했다.

이로써 지구인 수용소를 맡은 B팀의 작전은 대성공으로 끝났다. 비록 사망자와 부상자가 다수 발생했지만, 그 정도는 처음에 상정한 피해에 비하면 피해라 부를 수 없을 정도로 경미한 수준이었다.

＊　　　　＊　　　　＊

'작전이 성공했나 보군.'

나는 맵온을 확인하며 안도의 한숨을 내쉬었다.

지구인 수용소에 남아 있던 붉은 점이 모조리 남쪽으로 빠지고 있다.

수용소에 남은 것은 아무것도 없었다.

대신 수용소의 북동쪽에 위치한 요새에서 약 2천 개의 붉은 점이 뒤늦게 수용소를 향해 움직이는 것이 보였다.

'이런 속도라면 추격당할 일은 절대 없겠지. 하지만 2번 거점에서 사흘을 버티고 있어야 하니… 결국 적들이 거점을 발견하고 공격해 올지 모른다.'

그래서 지금 내가 2번 수용소를 향해 달리고 있는 것이다.

성도를 빠져나온 직후, 나는 대기하고 있던 A팀 팀원들에게 철수를 명령한 다음 곧바로 서쪽을 향해 달리기 시작했다.

대성공이었다.

아직 퇴각이 완전히 이뤄지진 않았다. 하지만 지금 당장의 성과만으로도 어깨 위의 큰 짐 하나가 완전히 사라졌다.

이제 더 이상 레비그라스 차원에서 돌아오는 귀환자에 의해 지구가 공격받는 일은 없을 것이다.

'남은 건 초과학 차원과 보이디아 차원인가?'

나는 달리는 와중에 마력 회복 포션을 하나씩 꺼내 마시며 생각했다.

초과학 차원.

정식 명칭은 '오비탈 차원'으로 불리는 그곳에서도 앞으로 10년쯤 지나면 귀환자를 보낼 것이다.

'정확히는 2029년이다. 아직 시간은 충분히 남아 있어.'

그런데 상황이 이렇게 되고 보니, 전부터 생각했던 의문이 더욱 증폭된다.

레비그라스 차원의 악의 근원은 바로 레비의 대신관인 레빈슨이다.

그가 자신의 초월 능력으로 지구인을 강제 소환 해서 이 모든 일을 벌였다.

'그렇다면 오비탈 차원이나 보이디아 차원의 귀환자는 누가 계획하고 실행했던 걸까?'

설마 다른 차원에도 각인 능력이 존재하고, 각인 능력의 등급을 높일 수 있는 퀘스트가 존재하는 걸까?

*　　　　*　　　　*

검은 옷을 입은 신관이 하얀 종이를 들며 말했다.

"방금 소식이 들어왔습니다. 성도 류브입니다."

"읽어주시겠습니까?"

레빈슨은 창밖을 바라보며 말했다. 신관은 고개를 끄덕이며 종이를 읽었다.

"금일 새벽에 대신전이 적의 기습을 받음. 목격자가 없어 정확한 상황은 파악되지 않음. 대신전에 생존자가 없다는 것만큼은 확실함. 공허 합성체도 함께 소멸한 것으로 볼 때, 공허 합성체의 공격을 받은 게 아닐까 추정됨."

"엑페 님의 이야기는 없습니까?"

레빈슨이 고개를 돌리며 물었다. 신관은 종이를 내려놓으며 고개를 저었다.

"없습니다."

"오늘 새벽에 엑페 님이 공허 합성체를 사냥할 계획이었습니다. 뭔가 일이 잘못된 모양이군요."

레빈슨은 대신전의 신관들이 전원 사망했다는 소식에도 태연했다. 검은 옷을 입은 신관은 손에 쥔 종이를 구기며 눈살을 찌푸렸다.

"설마 엑페 님이 대신전을?"

"그렇진 않을 겁니다. 물론 그분이 우릴 무척 싫어하지만⋯ 그렇다고 대놓고 나설 성격은 아닙니다."

"대신관님, 큰일입니다!"

그때, 방문을 열고 또 한 명의 신관이 급하게 뛰어 들어왔다.

"방금 루카 요새의 종군신관이 연락을 보냈습니다! 지, 지구인 수용소가⋯ 적의 공격을 받았다고 합니다!"

"뭣이? 그게 사실인가?"

또 다른 신관이 눈에 핏대를 세우며 다그쳤다. 레빈슨은 손을 들어 신관들을 진정시키며 차분한 목소리로 말했다.

"그만, 다들 그렇게 흥분하실 필요는 없습니다."

"하지만 대신관님!"

"델가록, 당황하지 마세요."

대신관은 자리에서 일어나 신관의 어깨를 두드렸다.

"이건 모두 제가 예상한 일입니다. 비록 최악의 결과가 되었지만 말이죠."

"예상하셨다니⋯ 그게 정말입니까? 하지만 그동안의 고생은 어떻게 합니까! 대신관께서 피를 토하며 수십 년의 시간을 투자해서 겨우 지구인들을 소환하셨는데⋯⋯."

"괜찮습니다. 그렇다고 모든 게 물거품으로 돌아간 건 아니니까요."

대신관은 창밖에 펼쳐진 드넓은 황무지를 바라보았다.

그곳엔 약 스무 명의 지구인이 알몸으로 노출된 채 끔찍한 훈련을 받고 있었다.

이곳은 신성제국의 최북단에 위치한 빙해 너머에 있는 얼음 대륙의 개척 신전이다.

최근엔 날씨가 따뜻해서 영하 10도를 오르내리지만, 겨울이 찾아오면 영하 50도를 훌쩍 뛰어넘는 혹한을 자랑하는 극한의 땅이다.

"이런 일을 대비해서 가장 성취가 높은 스무 명의 지구인을 미리 이곳으로 옮긴 겁니다. 세뇌 신관들도 함께 말이죠."

"하지만 너무 아깝지 않습니까… 그리고 수백, 아니, 수천 명의 다른 신관도……."

"빛의 신께서 그들 모두를 감싸주실 겁니다."

레빈슨은 눈 하나 깜짝하지 않고 말했다.

"우리 신관들의 희생은 정의로운 것도, 숭고한 것도 아닙니다. 그냥 당연한 겁니다. 저 역시 신의 뜻을 위해서 마지막까지 희생할 각오로 여기에 있습니다."

"대신관님……."

델가록이란 신관은 갑자기 눈물을 흘리기 시작했다. 레빈슨은 방에 장식된 대리석 덩어리를 손으로 쓰다듬으며 웃었다.

"신성제국은 이미 타락했습니다. 겉으로는 신의 이름을 부르짖으며 신앙을 고백해도, 속으로는 자유 진영의 문물을 받아들이며 몰래 숨어서 차원경을 보는 일이 허다합니다. 이젠 진정한 믿음을 가진 자들이 희생할 시간입니다. 그래야 '신이 존재하지 않는 세상'을 정화할 수 있습니다."

"하지만 대신관님이 안 계시면 저희로서는……."

"걱정하지 마십시오. 당장 떠나겠다는 건 아닙니다."

레빈슨은 대리석 옆에 세워놓은 긴 원통의 금속을 노려보며 말했다.

"아직은 시간이 더 필요합니다. 본래 계획대로라면 10년쯤 후에 할 생각이었으니까요. 그것도 우리들의 레비그라스 차원만으로는 역부족이라고 판단되었을 때 말입니다."

"저는 비록 대신관님의 말씀을 들었을 뿐입니다만… 그 오비탈이란 차원은 도저히 인간이 살 수 있는 곳 같지 않습니다."

"그래도 가야 합니다. 제가 가야 그들의 무력을 지구로 돌릴 수 있습니다. 그리고 저 혼자 가는 것도 아닙니다."

"혼자 가시지 않는다니, 그 오비탈 차원의 갑옷이 또 있습니까? 그렇다면 저도 함께 데려가 주십시오!"

"갑옷은 하나입니다. 물론 저희들은 그 갑옷 없이 생존할 수 없죠. 하지만 생존할 수 있는 인간도 있지 않습니까?"

레빈슨은 창문 밖을 바라보며 웃었다. 델가록은 헉 소리를 내며 눈을 크게 떴다.

"설마, 저 지구인들을 같이 데려가실 생각입니까?"

"네. 본래 계획은 아닙니다만… 저들에게 오비탈 차원의 힘을 덧씌우면 보다 강력한 존재가 될 겁니다."

"과연… 그렇군요. 대신관님의 생각은 저 같은 범인이 도저히 따라잡을 수 없습니다."

델가록은 감탄했다. 레빈슨은 새로운 소식을 전해준 신관을 밖으로 보낸 다음, 좀 더 작은 목소리로 앞으로의 계획을 말했다.

"일단은 저 지구인들을 더 훈련시켜야 합니다. 최소 1, 2년은 더… 아, 그 전에 장소를 바꿀 필요가 있겠군요."

"여기서 다른 곳으로 거점을 옮기신다는 말씀입니까? 하지만 이 얼음 대륙은 어지간해선 아무도 얼씬거리지 않는 땅입니다."

"네. 하지만 '적'에겐 어지간하지 않은 인간이 있습니다."

"아……."

"그는 결국 우릴 찾아낼 테죠. 그렇다면 그가 절대 찾을 수 없는 곳으로, 혹시 찾더라도 접근할 수 없는 곳으로 옮겨야 합니다."

그리고 레빈슨에겐 아무도 접근할 수 없는 곳으로 이동할 수 있는 힘이 있었다. 그는 스스로를 스캐닝하며 나지막한 목소리로 말했다.

"문주한… 분명 그는 존재하는 모든 각인 능력을 초월 능력으로 높여놨을 겁니다. 기본 능력? 그건 말할 필요도 없죠. 하지만 그럼에도 불구하고, 내겐 그보다 앞서는 능력이 하나 있습니다."

"오오… 그것이 무엇입니까?"

"시간입니다."

대신관은 어린아이처럼 미소를 지었다.

"제가 '최상급 전이의 각인'을 연구하고, 실험한 시간은 100년에 달합니다. 전이는 다른 모든 능력과는 다릅니다. 만약 그가 그 힘을 손에 넣는다 해도… 후후, 분명 깜짝 놀라겠죠. 자신의 생각과 전혀 다를 테니 말입니다."

대신관은 웃음소리를 내며 스스로를 스캐닝했다.

그곳에 나타난 것은 아직도 신이 자신에게 모든 것을 걸고 있다는 증거였다.

퀘스트1: 지구의 모든 인류를 절멸시켜라(최상급)

퀘스트2: 빛의 신 레비를 제외한 다른 모든 신의 성물을 파괴하라(최상급)

퀘스트3: 레비그라스 차원에 존재하는 지구인 문주한을 죽여라(최상급)

퀘스트4: 180살까지 생존하라(상급) ― 현재 139세

퀘스트5: 1단계 소드 익스퍼트, 혹은 미들 위저드를 달성한 스무 명의 지구인을 오비탈 차원으로 보내라(상급)

퀘스트6: 수용소에 있는 지구인 스무 명을 1개월 안에 얼음 대륙으로 옮겨라(최하급) ― 성공!

　퀘스트7: 레비의 대신전에 있는 세뇌 신관 스무 명을 1개월 안에 얼음 대륙으로 옮겨라(최하급) ― 성공!

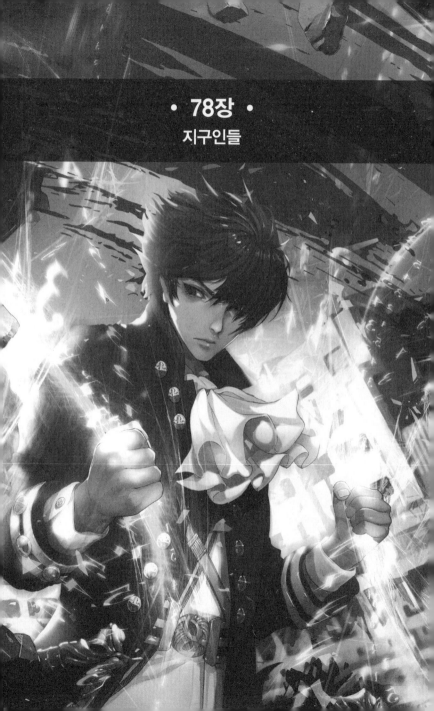

• 78장 •
지구인들

지구인 수용소가 해방되고 닷새가 지났을 무렵, 신성제국은 정식으로 사자를 보내 휴전을 요청했다.

모두들 황제의 죽음과 신(新)황제의 등극은 물론, 조커 카드로 숨겨놓았던 지구인 계획이 물거품으로 돌아간 것이 큰 원인이라 생각했다.

하지만 박 소위의 의견은 달랐다.

"제국은 장기적으로 지구인들을 전쟁에 동원할 수 없게 되었기 때문에 휴전을 요청한 게 아닙니다."

박 소위는 넓은 강당에서 상담을 받고 있는 지구인들을 둘러보며 말했다.

"오히려 반대입니다. 지구인을 전사로 육성해 써먹으려는 세력이 사라졌기 때문에, 더 이상 전쟁 자체에 집착할 이유가 없어졌다고 해야겠죠."

"대신전 말인가?"

"네. 준장님께서 직접 무너뜨린 바로 그 대신전 말입니다."

박 소위는 멋들어진 콧수염을 쓰다듬으며 웃었다.

"물론 레비교 자체는 여전히 건재합니다. 하지만 수장인 대신관 레빈슨이 행방불명인 듯합니다. 제국은 대신관의 부재로 생긴 권력의 공백을 채우기 위해 분주한 것 같더군요."

"그러고 보니 레빈슨이 없었지. 대신전에도, 그리고 지구인 수용소에도."

마침 우연히 다른 곳에 있었는지, 혹은 의도적으로 자리를 비운 건지는 모른다.

덕분에 작전을 성공하고도 뒷맛이 깔끔하지 못했다. 나는 지구인과 레비그라스인으로 꽉 찬 강당을 둘러보며 한숨을 내쉬었다.

이곳은 뱅가드의 74번 구역에 있는 학교에 붙어 있는 강당이다.

한때 빅맨이 수백 구의 언데드 병사를 만들던 곳으로, 현재는 구출된 지구인들의 건강 체크와 서류 작업, 그리고 각인을 위한 종합 관리 센터로 사용되고 있었다.

나는 박 소위를 보며 쓴웃음을 지었다.

"그런데 왜 하필 여기로 했지? 안 좋은 냄새가 배어 있었을 텐데."

"새 건물을 구입하는 것보다 청소와 소독 작업을 하는 게 싸게 먹히니까요. 돈이 없는 건 아니지만 아낄 수 있는 돈은 아끼는 편이 좋습니다."

"실례합니다! 회장님!"

그때 크로니클의 직원 한 명이 급한 얼굴로 부리나케 달려왔다. 박 소위는 그가 손을 잡고 있는 지구인을 살피며 물었다.

"뭔가 문제라도 있나?"

"아, 문제는 없습니다. 그보다 여기 이분이 중요한 이야기를 하는 것 같아서요. 기왕 회장님이 보이기에……."

"알겠네. 잠시 뒤에서 기다려 주겠나?"

"네. 그럼 굿맨 씨? 이분은 저희 회사 회장님이십니다. 걱정하실 필요 없으니 방금 제게 하려던 말을 회장님께 해주세요."

직원은 데려온 지구인을 안심시키며 뒤로 물러났다. 서른 살가량으로 보이는 지구인 남자는 매우 쭈뼛거리며 자신을 소개했다.

"저… 그러니까… 전 마틴 굿맨이라고 합니다. 먼저 구해주셔서 감사하다는 인사를……."

"괜찮습니다. 긴장하지 마시고 편하게 이야기하세요, 굿맨."

"마틴이라고 부르십시오."

마틴은 박 소위와 날 번갈아 바라보다 말했다.

"아까 저기 직원분께 다 이야기하긴 했는데… 제가 지구에서 하던 일부터 다시 이야기하면 됩니까?"

"그러실 필요 없습니다. 중요한 이야기가 있다고 하셨죠? 그것부터 바로 말씀해 주시면 고맙겠습니다."

"아… 네. 그러니까… 수용소에서 있던 이야기입니다."

마틴은 여전히 안정이 안 되는지, 마른침을 삼키며 주변을 살폈다.

"지금은 세뇌가 완전히 풀렸지만, 저는 세뇌당한 순간에도 어느 정도는 의식이 있었습니다."

"오, 정말입니까?"

"네. 의식이 또 다른 의식에 짓눌려 있었지만… 그래도 제 몸이 무슨 짓을 하는지, 제 몸 주변에서 무슨 일이 벌어지는지는 확인할 수 있었습니다. 지난 2년은 정말 끔찍한 시간이었죠. 하지만 레퍼토리는 항상 똑같았습니다."

"수련 말입니까?"

"네. 수련… 수련을 빙자한 고문 말이죠."

마틴은 양팔로 자신을 껴안으며 몸을 떨었다.

"그런데 최근에 좀 다른 일이 있었습니다. 여러분들이 구출하러 오시기 바로 며칠 전이었는데… 신분이 높아 보이는 신관들이 우르르 몰려와서 우리들을 확인하더군요."

"확인? 무슨 확인 말입니까?"

"정확하진 않지만 품평 같은 걸 했습니다. 이 지구인은 오러가 어쩌고, 저 지구인은 성장 속도가 어쩌고… 그런 식으로 말이죠. 그러고는 다섯 명 정도를 따로 뽑아갔습니다. 처음에는 상급 수용소로 데려가나 보다 했죠."

마틴은 자신이 가슴에 달고 있는 은색 배지를 가리키며 말했다.

"저는 중급 수용소에 있었거든요. 그런데 지난 며칠 동안 쭉 살펴보니까 그때 끌려간 동료들이 안 보입니다. 금색 배지 달고 있는 사람들 중에 말이죠."

구출한 지구인들은 배지를 통해 속해 있던 수용소를 구분하는 모양이다. 나는 가볍게 질책하는 눈으로 박 소위를 노려보았다.

박 소위는 가볍게 헛기침을 하며 말했다.

"마틴, 우선 여러분들을 이런 식으로 구분해 놓은 것을 사죄드립니다. 당장은 강한 힘을 가진 분을 조금이라도 더 특별 관리해야 하기 때문에 어쩔 수 없었습니다."

"아뇨. 이런 것쯤이야……."

마틴은 배지를 만지며 웃었다.

"아무래도 상관없습니다. 목숨을 구해주셨는걸요. 그보다도 사라진 동료들을 찾아주실 수 없을까요? 잘은 모르지만… 어쩌면 그 수용소에 아직 남아 있을지도 모릅니다."

물론 그럴 일은 없다.

커티스가 공간 감지 능력까지 활용해 모든 곳을 뒤졌고, 나

역시 맵온을 통해 수용소가 텅 비어 있음을 확인했다.

박 소위는 몇 가지 질문을 더한 다음 마틴을 다시 담당 직원에게 돌려보냈다. 나는 목소리를 낮추며 조심스럽게 말했다.

"미리 다른 곳으로 빼돌린 걸까?"

"그런 것 같습니다. 정보에는 상급뿐만 아니라 '최상급' 노예 수용소도 있었다고 하는데… 정작 그곳에서 훈련받던 지구인들은 행방이 묘연합니다."

박 소위는 주머니 속에서 반짝거리는 배지 하나를 꺼내 하늘로 튕겼다.

"이게 최상급 수용소에 있던 지구인에게 달려고 했던 붉은색 배지입니다. 열 개를 준비했는데 단 한 개도 주지 못했군요."

"정보가 샜을지도 모른다. 그래서 만약을 대비해 가장 성취가 높은 지구인을 따로 빼놓은 거겠지."

"당장은 그렇게 보입니다만……."

박 소위는 눈살을 찌푸리며 고개를 저었다.

"생각하면 그것도 이상한 일입니다. 물론 정보가 샜을 가능성은 있습니다. 하지만 계획을 미리 눈치챈 것치고는 현장의 경계가 느슨하지 않았습니까?"

실제로 B팀이 수용소를 습격했을 무렵엔 신녀들이 세뇌가 풀린 지구인을 저지하느라 아수라장이 되어 있었다고 한다.

내가 습격한 대신전도 마찬가지다. 하늘에 엑페와 이시테르가 떠 있었다는 것을 제외하면 대신관의 경계 태세는 사실상 없는 거나 다름없었다.

"그렇다면 그냥 강력한 지구인을 따로 뽑아 새로운 곳에서 훈련을 시키고 있던 건가? 그런 것치고는 타이밍이 너무 나쁜데."

"이건 좀 더 조사할 필요가 있을 것 같습니다. 물론 당분간은 구출한 지구인들을 관리하는 데만도 정신이 없겠지만요."

바로 그 순간, 멀리서 한 지구인이 의자를 박차며 몸을 일으켰다.

"그만해! 그만! 이 미친 외계인 놈들! 날 그냥 내버려 두라고!"

40살쯤 되어 보이는 동양인이 노란색 오러를 발동시키며 소리를 지르기 시작했다.

그리고 나는 그자의 주먹이 담당 직원의 명치에 파고들기 직전에 몸을 날려 제압했다.

콰당!

"으아아아아악! 이거 놔! 이 미친놈들아!"

바닥에 짓눌린 지구인이 온몸을 비틀며 발악하기 시작했다. 나는 깔아뭉갠 그의 귓가에 입을 가까이 대며 낮은 목소리로 말했다.

"쉬… 조용히. 그만 진정하십시오."

"진정은 얼어 죽을! 너희들도 다 똑같은 놈들이지! 내 머릿속에 들어와서 우리 모두를 다시 조종하려는 거야! 으아아아악!"

언어를 들으니 중국인이었다. 나는 남자의 얼굴을 살피며 쓴웃음을 지었다.

'후웨이핑이군.'

나는 남자가 달고 있는 금색 배지를 보며 가볍게 한숨을 내쉬었다.

후웨이핑.

2027년 3월에 지구로 돌아온 귀환자로, 지금 기준으로 2단계 소드 익스퍼트의 힘을 뽐내며 인류 저항군과 격전을 벌이다 폭사했다.

나는 알고 있다.

방금 이야기를 나눴던 마틴 굿맨은 물론, 이곳에 있는 지구인의 70% 이상의 얼굴과 이름을 외우고 있었다.

그것은 내가 인류 저항군의 사병이자, 장교이자, 장성이었기 때문이다.

연구 팀이나 전략 분석과에 일하던 장교 시절, 나는 지구로 돌아온 귀환자 전원의 얼굴과 능력을 암기하고, 그들의 약점을 찾아내는 일에 몰두했다.

"진정하십시오. 안 그러면 강제로 진정하게 만들겠습니다. 지금 당장 여기를 좀 세게 누르면."

나는 남자의 경추에 손가락을 대며 말했다.

"곧바로 사지가 마비됩니다. 아니, 앞으로 평생 사지를 쓸 수 없게 될지도 모르겠군요. 남은 인생을 휠체어 신세를 지고 싶으신 겁니까?"

"아, 아니."

"그게 싫으면 진정하십시오. 그리고 자각하셔야 합니다. 지금 당신의 힘으로 사람의 가슴을 치면 어떻게 될 것 같습니까?"

"어떻게 되냐니……."

"맞은 사람이 10미터는 날아가든가, 아니면 주먹이 가슴을 뚫고 반대편으로 나옵니다. 그러니 잠깐 열 받았다고 사람을 때리면 안 됩니다. 아시겠습니까?"

나는 조용조용한 목소리로 협박했다. 남자는 그제야 발작을 멈추며 가쁜 숨을 몰아쉬기 시작했다.

"아… 알았어. 알았으니까 그만 놔줘."

"이곳은 안전합니다. 더 이상 그 누구도 당신을 세뇌하거나 고문하지 않을 겁니다. 하지만 주의하십시오. 앞으로 계속 지켜보겠습니다."

나는 천천히 몸을 일으켰다. 후웨이핑은 곧바로 몸을 일으키며 방금 자신이 박차고 일어선 의자를 급히 주워 앉았다.

나는 뒤따라온 박 소위를 돌아보며 쓴웃음을 지었다.

"앞으로 힘들겠군. 이 사람들 전부 관리하려면 말이야."

"별수 있겠습니까? 그래도 대부분은 금방 적응하고 있어 다행입니다."

박 소위는 한쪽 어깨를 으쓱였다. 나는 순간 조용해진 강당이 다시 시끌벅적거리는 것을 들으며 말했다.

"너도 알겠지만, 나는 여기 있는 지구인들 중에 귀환자로 왔던 사람은 전부 알고 있다."

"그걸 전부 외우고 계십니까? 저는 네댓 명밖에 기억 안 납니다."

"혹시 모르니 확인을 해둬야겠어. 진짜 재능 있는 자들은 대신관이 미리 빼돌렸겠지만… 이들 중에도 소드 마스터나 아크 위저드가 있을지도 모르니까."

그래서 나는 강당 이곳저곳을 천천히 돌며 구출한 모든 지구인들의 얼굴을 살피기 시작했다.

*   *   *

수용소에서 구출해 온 지구인의 숫자는 모두 106명이었다.

그중에 73명이 중급 수용소 출신이었고, 33명이 상급 수용소 출신이었다.

수용소의 급을 나눈 것은 당연히 보유한 힘이었다.

오러를 기준으로 중급 수용소는 1, 2단계 오러 유저였고, 상급 수용소는 3단계를 달성한 오러 유저로 구성되어 있었다.

반면 오러가 약하더라도 다른 능력을 함께 각성한 다중 능력자는 대부분 상급 수용소에 있었다. 나는 확인된 106명 중에 훗날 3단계 소드 익스퍼트나 하이 위저드 이상의 귀환자가 되는 여섯 명의 명단을 박 소위에게 넘겨줬다.

*   *   *

모든 일을 끝낸 다음, 나는 74번가에 있는 카페에서 스텔라와 함께 차를 마셨다.

"당연히 최상급 수용소가 있지."

스텔라는 찻잔을 들며 말했다.

"직접 가 본 적은 없지만 신관들이 하는 이야기를 전부 듣고 있었거든. 나중에 그쪽 출신 지구인들과 만난 적도 있고."

"만난 적이 있다고? 몇 번이나?"

"수십 번. 아니, 수백 번일지도?"

그것은 끝없이 반복된 그녀의 기억 속에서였다. 나는 골치 아픈 표정을 지으며 물었다.

"혹시 그동안 반복하면서 이런 경우가 있었어?"

"이런 경우? 중간에 최상급 지구인을 다른 곳으로 빼돌린 경우 말이야?"

고개를 끄덕이자 스텔라는 턱을 괴며 한동안 생각에 잠겼다.

"잘 모르겠어. 나는 항상 회귀한 직후에 5년 동안은 중급 수용소에 있었으니까. 그사이에 최상급 수용소에서 무슨 일이 벌어졌는지는 몰라. 하지만 한 가지는 확실히 알고 있어."

"뭔데?"

"최상급 수용소에 있던 지구인들의 능력."

스텔라는 지구의 커피를 비슷하게 흉내 낸 검은 빛깔의 차를 마시며 눈살을 찌푸렸다.

"그쪽은 단순히 오라나 마력이 높아서 간 게 아냐. 물론 높기도 하지. 하지만 다중 능력이나 특이한 능력이 생긴 지구인을 따로 모은 곳이기도 해."

"특이한 능력?"

"레비그라스에는 원래 없던 능력. 소환된 지구인들 중에는 드물게 그런 능력을 발현한 사람들이 있었거든."

곧바로 빅맨의 시체 흡수나 커티스의 텔레포트가 떠올렸다. 스텔라는 그런 내 마음을 읽기라도 한 듯 고개를 끄덕였다.

"그래. 당신의 새 동료들처럼 말이야. 그러고 보니 나도 하나 있네."

"너도 특별한 능력이 있다고?"

"지금 말고 나중에 생겨. 4년 차쯤… 그래서 중급에서 상급 수용소로 옮기게 돼. 최상급은 아니고. 이젠 아무래도 상관없는 이야기지만."

"무슨 능력인데?"

"각인사."

그녀는 찻잔을 내려놓으며 양 손바닥을 펼쳤다.

"대신전에 가서 각인사가 되는 의식을 받지도 않았는데, 그냥 자연스럽게 다른 사람에게 각인을 줄 수 있게 돼."

"스캐닝 말이지? 그래서 나중에 지구에 와서 우리들에게 스캐닝을 각인해 줄 수 있던 건가?"

"맞아. 그런데 그래서 어떻게 할 거야?"

스텔라는 내 눈을 바라보았다. 나는 한동안 그녀를 마주 보며 그녀의 눈동자에 깃든 파란색을 감상했다.

"찾아야지."

나는 금방 속이 뜨거워지는 걸 느끼며 찻잔을 집어 들었다.

"어떻게든 찾아서 돌려놔야지. 최악의 경우엔 최상급 수용소의 지구인만으로도 지구에 재앙을 불러올 수 있을 테니까."

"그거라면 내가 좀 도와줄 수 있을 것 같은데."

"어떻게?"

"이번에 싹 쓸어버린 그 수용소나 대신전 말고도, 레비의 신관들이 사용하는 특이한 거점을 몇 개 알고 있거든. 만약 숨었다면 거기 중 한 군데에 있지 않을까?"

그것은 듣던 중 반가운 소리였다. 당장 박 소위가 자랑하는 크로니클의 정보부와 보안 팀조차도 레빈슨의 위치를 짐작조차 못 하고 있었다.

하지만 스텔라는 바로 위치를 말하지 않았다.

"그래도 지금은 좀 기다리는 게 좋겠어. 전처럼 막 제국령에 들어가기엔 타이밍이 나빠."

"어째서?"

"자유 진영과 신성제국이 협상 중이니까. 그리고 제국은 이미 군대를 전부 물러서 전 영토에 분산 배치 중이래. 치안이 급속히 나빠져서 내부 단속부터 하려나 봐."

그녀는 현재 크로니클의 정보부에 자문 역할로 도움을 주고 있었기 때문에, 반대로 정보부로부터 이런저런 이야기를 듣는 듯했다.

나는 남은 차를 전부 마신 다음 눈살을 찌푸렸다.

"이거 생긴 것만 커피 같지… 맛은 영락없이 치커리 끓인 물에 홍차를 섞은 것 같군."

"치커리? 샐러드에 들어가는?"

"그래. 맛이 진짜 형편없어."

"만약에 진짜 커피를 만들 수 있다면 레비그라스에도 엄청난 유행이 생길 거야. 그리고 보니 나도 마시고 싶네."

스텔라는 아쉬운 얼굴로 찻잔을 내려 보았다. 나는 몇 달 전에 처음으로 '젊은' 그녀와 재회했던 순간을 떠올렸다.

"그런데 스텔라."

"응?"

"우리 처음 봤을 때 말이다."

"인류 저항군 캠프에서 처음 봤을 때?"

"아니, 몇 달 전에 아르마스의 대신전에서 봤을 때."

"아, 이번 생에 말이지?"

"이번 생이라……."

나는 쓴웃음을 지으며 고개를 끄덕였다.

"그때 넌 시공간의 주머니 속에 들어 있었다. 그런데 내 기억으론 시공간의 주머니에는 생물이 들어갈 수 없거든."

나는 주머니를 꺼내며 다시 한 번 스캐닝을 했다.

이름: 시공간의 주머니

종류: 마법 도구

특수 효과: 50㎥의 자유 공간과 연결된 주머니. 소유자에 한해서 내부가 꽉 찰 때까지 원하는 것을 자유롭게 수납할 수 있다. 소유자가 원하는 것을 우선적으로 끌어와 꺼낼 수 있다. 소유자가 물리적으로 들 수 있는 물건에 한해서 가능. 생물은 수납이 불가능하다.

스텔라는 눈을 깜빡이며 대답했다.

"그래? 그냥 인간만 못 들어가는 게 아니었어?"

"스캐닝에는 생물이 못 들어간다고 나와."

"하지만 몬스터의 시체는 이것저것 잘라 넣었잖아?"

"그건 이미 죽었으니까. 하지만 넌 안 죽었잖아? 어떻게 들어갈 수 있던 거야?"

"궁금해? 알려줄까? 후후……."

그녀는 눈을 가늘게 뜨며 도발하듯 물었다. 나는 웃으며 고개를 끄덕였다.

"부디."

"좋아. 이건 내가 200번, 아니, 한 250번쯤 전에 알아낸 건데 말이야, 성물을 쥐면 돼."

"뭐?"

"성물 말이야. 주머니 속에 들어 있는 성물. 보통 나는 언제나 회귀의 반지였지만."

그녀는 손가락에 반지를 끼우는 시늉을 했다.

"성물을 손에 쥐면 주머니 속으로 완전히 들어갈 수 있어. 몸을 쑥 집어넣으면 돼. 대신 누가 꺼내줄 때까지는 죽은 것처럼 가사 상태가 되지만."

"그런가… 그래서 이번에도 시공간의 반지를 쥐고 있던 건가?"

"맞아. 하지만 당신에겐 별로 쓸데없는 정보겠지? 이제 레비그라스에 당신보다 강한 건 존재하지 않을 테니까. 어디 숨어야 할 일은 절대 없을 거야."

그녀는 날 바라보며 행복한 듯 미소 지었다. 난 한쪽 어깨를 으쓱이며 주머니를 품속에 집어넣었다.

"뭐든 알아둬서 나쁠 건 없지. 그런데 네 말을 들으니 더더욱 파괴하는 게 힘들어질 거 같군."

"파괴? 뭘?"

"회귀의 반지."

나는 이제 딱 두 개 남은 퀘스트를 떠올렸다.

퀘스트1: 회귀의 반지를 파괴하라(최상급)
퀘스트2: 신성제국을 무너뜨려라(최상급)

"이제 와서 신성제국을 완전히 무너뜨리는 건 힘들겠지. 당장 휴전 협상을 하고 있다고 하고."

"아, 당신 퀘스트 말이구나?"

"그래. 그렇다면 남은 건 회귀의 반지를 파괴하는 건데… 이건 너무 리스크가 커. 방금 네가 말한 그런 특별한 능력은 차치하더라도, 가장 중요한 각인인 '언어의 각인'이 사라져 버리니까."

그것은 자유 진영은 물론, 레비그라스 전체를 뒤흔들 만큼 심각한 사건이 될 것이다.

스텔라는 푸른 눈동자를 깜빡이며 한동안 날 바라보았다.

"그럼 파괴하지 않으면 되잖아?"

"하지만 퀘스트를 해결하지 않으면 지구로 돌아갈 수 없어. 전이의 각인의 등급을 높여야 해. 물론 지금 당장은 상관없지. 하지만 앞으로 몇 년 더 지나면 오비탈 차원에서 지구에 귀환자를 보낼 거다."

"오비탈 차원이 초과학 차원을 말하는 거지?"

난 고개를 끄덕였다. 스텔라는 손을 뻗어 내 손등을 쓰다듬으며 말했다.

"너무 조급해하지 마. 퀘스트가 또 생길지도 모르잖아? 오비탈 차원에서 귀환자들이 오는 건 2029년부터니까 아직 한참 남았어."

"물론 그렇지만……."

"당신이 싸웠다는 그 소드 마스터도 퀘스트가 엄청 많았다며? 분명 당신도 새로운 퀘스트가 생길 거야."

스텔라는 미소를 지었다.

그리고 그때, 옆에서 어떤 여자가 다가오며 손을 흔들었다.

"여기 있었구나! 혹시 지금 내 이야기하던 거야?"

나는 순간 경직되며 여자를 노려보았다.

30대 중반쯤으로 보이는 검은 머리카락에 연한 갈색 피부를 가진 여자.

"엑페 님……."

"님은 슬슬 빼는 게 어떠니? 목숨을 빚진 상대에게 님 소리 듣는 것도 별로 좋은 기분은 아니란다."

그녀는 검신으로 불리는 소드 마스터, 엑페였다.

스텔라는 곧바로 남은 의자를 빼주며 말했다.

"안녕하세요? 이야기는 많이 들었습니다. 그렇게 서 있지 말고 여기 앉으세요."

"어머, 고마워라. 예쁜 아가씨가 예절도 바르네? 그럼 사양 말고 앉을게."

엑페는 의자에 앉으며 스텔라와 날 번갈아 보았다.

"휴, 여긴 사막 근처라 그런지 날씨가 덥네. 그런데 두 사람 어떤 사이야? 애인? 아니면 부부?"

"……."

"뭘 그렇게 노려보고 그래? 약점 잡으려고 이러는 거 아니니까 긴장 풀렴."

엑페는 어깨에 힘을 쭉 빼며 편안하게 웃었다.

하지만 나는 긴장의 끈을 조금도 풀 수 없었다.

물론 싸우면 내가 이긴다.

하지만 당장 눈앞에 있는 스텔라는 물론, 근처에 있는 뱅가드 시민들의 목숨까지 완벽하게 지키는 건 무리였다.

엑페는 내 표정을 살피며 눈살을 찌푸렸다.

"너 말이야, 너무 살기등등한 거 아니니? 왜 그래? 난 그저 약속을 지키기 위해 찾아왔을 뿐이라고."

"죄송합니다. 생각보다 너무 빨리 오셔서. 그런데 제가 여기 있는 건 어떻게 아셨습니까?"

"내가 워낙 오래 살았잖니? 덕분에 여기저기 정보통이 있어. 제국이 워낙 어수선하고 재미없어서, 이참에 자유 진영에 아주 자리를 잡을 계획으로 건너왔지."

엑페는 손을 들어 점원에게 자신의 음료를 주문하기 시작했다. 나는 당장에라도 노바로스의 강화와 오러를 발동시킬 수 있도록 만반의 준비를 갖췄다.

엑페는 손바닥으로 부채질을 하며 말했다.

"에휴, 더워라. 사실 뱅가드에 오는 건 처음이야. 여길 오려면 대륙의 절반을 돌아와야 하거든. 직통으로 연결된 텔레포트 게이트가 없어서. 소문만 들었는데 많이 발전된 좋은 도시네. 아직도 그 투기장인가 하고 있니?"

"투기장은 내부 수리 중입니다."

"어머, 그래? 혹시 등록되면 돈이나 벌어볼까 했는데. 오러를 발동시키지 않는 조건이면 1단계 소드 익스퍼트와 꽤 싸움이 될 거야. 어쩌면 2단계도 되려나?"

그녀는 아무렇지도 않게 무시무시한 이야기를 늘어놓았다.

하지만 나는 긴장을 풀 수 없었다.

대체 어디까지 그녀를 믿어야 할지 알 수가 없었다.

그녀는 레비교를 싫어하고 지구를 좋아하는 차원경의 팬이었지만, 그것만으로 마음을 놓기엔 가지고 있는 힘의 수준이 너무 높았다.

그 순간, 나는 너무도 명쾌한 해답을 얻었다.

'감정의 각인을 사용하면 되잖아!'

나는 눈앞에 있는 엑페를 향해 감정의 각인을 사용했다.

[인간 여자. 214세. 현재 오러가 매우 느리게 성장 중. 당신에게 신뢰와 호감을 가지고 있음. 신뢰도는 약 93퍼센트. 호감도는 약 71퍼센트]

그것은 내 예상을 아득히 뛰어넘는 엄청난 수치였다.

'신뢰도 93퍼센트? 대체 내가 뭘 했다고 날 이렇게 철석같이 믿고 있는 거지?'

당장 스텔라를 감정해도 신뢰도는 81퍼센트에 불과했다. 나는 어이없는 표정을 지으며 엑페에게 말했다.

"엑페 님, 다짜고짜 이런 질문을 드려서 죄송합니다만."

"그냥 엑페라고 부르라니까?"

"…엑페, 당신은 절 얼마나 신뢰하십니까?"

"신뢰? 물론 백 퍼센트 신뢰하고 있지."

실제로도 백 퍼센트에 가까운 수치였다. 나는 단도직입적으로 물었다.

"어째서입니까? 우리가 목숨을 걸고 싸운 게 불과 며칠 전이지 않습니까?"

"하지만 그 상황에서 내 목숨을 살려줬잖니? 그리고 그 지긋지긋한 대신전도 박살 냈고. 그거면 내 신뢰를 받기에 충분해. 넌 좋은 사람이야."

엑페는 생글생글 웃으며 말했다.

"덕분에 레빈슨이 사라졌어. 아휴, 좋아라. 난 그 남자가 제국에 꼭대기에 군림한다는 생각만으로도 치가 떨리는 여자라고."

"레빈슨에게 개인적인 원한이 있습니까?"

"있지. 그 남자 때문에 제국이 본격적으로 재미없는 나라가 됐으니까."

엑페는 손사래를 치며 말했다.

"차원경이 없는 건 말할 것도 없고, 서점에 가면 맨 종교 서적뿐이고. 술도 안 팔고, 아, 너도 이야기해 보면 알 거야. 지금 제국의 어느 도시든 찾아가서 사람들과 이야기해 보면 말이 아예 안 통한다니까?"

"확실히… 그렇죠."

"괜찮은 남자 같아서 말 좀 해보려고 하면 자기 신앙이 얼마나 대단한지 뻐길 뿐이지 않나. 괜히 거리에서 시비가 붙으면 이단자라니 타락자라니 삿대질을 하며 싸워대지 않나. 아주 지긋지긋해."

엑페는 어깨를 부르르 떨었다. 나는 그녀에게 흥미를 느끼며 질문했다.

"그럼 어째서 레빈슨을 제거하지 않으셨습니까? 당신이라면 레빈슨뿐 아니라 대신전 자체를 몰아낼 수도 있었을 텐데요?"

"뭐, 작정하면 가능했겠지."

엑페는 한쪽 어깨를 으쓱였다.

"하지만 그런데 힘을 쓰는 것도 짜증 나긴 매한가지란다. 난 나보다 한없이 약한 사람과 싸우는 건 질색이거든. 그리고 오래전에 약속한 것도 있고."

"약속요?"

"그래. 그 남자가 날 찾아와서 부탁을 한 적이 있어."

• 79장 •
다 함께

엑페는 마침 나온 찻잔을 들며 향을 음미했다.

"음… 이거 좋네. 내가 자유 진영에서 마신 커피 중에 여기가 제일 좋아."

"그건 진짜 커피가 아닙니다. 그런데 레빈슨이 당신에게 뭘 부탁했습니까?"

"정령왕이 있는 곳에 데려다달라고 했어."

그녀는 차를 마시며 설명했다.

"한 50년 전이었나? 솔직히 정확히 기억은 안 나. 아무튼 오래전에 찾아와서 그런 부탁을 했어. 아는 사람은 알거든. 내가 정령왕과 연이 있다는 걸."

"땅의 정령왕과 얼음의 정령왕 말입니까?"

"어머? 넌 또 그걸 어떻게 알고 있니?"

엑페는 눈을 동그랗게 떴다. 나는 한숨을 내쉬며 말했다.

"다 아는 방법이 있습니다. 그보다 계속 말씀해 주시죠."

"얘는 무슨 천리안이라도 있는 거니? 뭐, 그래. 우리 둘 다 퀘스트가 있으니까 복잡한 설명은 필요 없겠네. 레빈슨도 퀘스트를 받는 인간이야."

"네. 알고 있습니다."

"정말? 혹시 둘이 아는 사이야?"

"직접 만난 적은 없습니다."

나는 짧게 대답했다. 엑페는 신기하다는 얼굴로 날 바라보며 말했다.

"아무튼 자기 퀘스트가 정령왕을 만나서 힘을 얻어야 한다나 어쩐다나 그랬어. 그래서 나 보고 땅이나 얼음의 정령왕이 있는 곳으로 데려다달라고 하더라고."

"승낙하셨습니까?"

"당연히 거절했지, 처음에는. 근데 나중에 결국 데려갔어."

나는 눈살을 찌푸리며 그녀를 노려보았다.

"어째서입니까?"

"얘는… 뭘 그렇게 노려보고 그러니? 나도 잘한 거 없지만 그때는 어쩔 수 없었다고."

그녀는 헛기침을 몇 번 하고는 말을 이었다.

"대신관은 자기가 언젠가 지구인을 레비그라스로 데려올 거라고 했어. 그리고 훈련을 시킬 거라고. 그래서 나도 맘에 안 들지만 승낙했지."

"……."

나는 5초 정도 입을 다물었다.

"설마 당신도… 지구인을 절멸시키는 계획에 동참한 겁니까?"

"아냐! 그건 아닌데……."

엑페는 애매하게 부정했다.

"레빈슨 말로는 지구인이 금방 강해진다더라. 레비그라스인보다 말이지. 그래서 데려온 지구인을 소드 마스터까지 훈련시키면 나랑 겨루게 해준댔어."

"아니, 지금 그걸 말이라고……."

"그래그래. 알아. 내가 미친년처럼 보이는 거."

엑페는 어깨를 으쓱이며 한숨을 내쉬었다.

"하지만 전에도 말했잖니? 나는 정말 내 수준에 맞는 싸움을 평생에 한번이라도 해보고 싶었어. 욕심에 눈이 멀었던 거 인정할게. 내가 나쁜 년이야."

"……."

"하지만 이젠 괜찮아. 난 너로 충분히 만족했으니까. 아! 미안해, 아가씨. 이상한 뜻으로 한 말은 아니란다."

스텔라는 미소를 지으며 고개를 저었다. 엑페는 다시 내 쪽으로 시선을 옮기며 말했다.

"아무튼 난 약속을 지키러 온 거야. 너한테 기술을 가르쳐 주려고. 그런데 괜찮으면 도시 구경 좀 시켜주지 않을래? 내곽 도시인가에 재밌는 게 많다던데."

"내곽 도시의 대부분은 파괴되어 재건 중입니다."

나는 한숨을 내쉬었다.

이제 와서 엑페에게 잘잘못을 따질 생각은 없었다.

하지만 그녀에게 더 얻어낼 것은 있을 듯했다. 나는 잠시 생각하다 물었다.

"그보다 이쪽 일이 끝나면 저를 그 정령왕들이 있는 곳으로 데려다주실 수 있겠습니까?"

"응? 왜? 너도 해결해야 할 퀘스트가 있어?"

"그렇진 않습니다. 오히려 퀘스트를 받을 수 있지 않을까 해서요."

*　　　　*　　　　*

가장 최근에 받은 퀘스트는 워터 웜 킹을 잡기 위해 에델가 폭포에 갔을 무렵에 얻은 것이다.

덕분에 폭포 안쪽에 또 다른 정령왕이 있다는 걸 알았고, 이윽고 그녀의 힘을 받아 즉석에서 퀘스트를 해결할 수 있었다.

그렇다면 아직 힘을 받지 않은 정령왕의 근처에 간다면 또 다시 정령왕의 힘을 얻으라는 새로운 퀘스트가 발생할지도 모른다.

"좋아. 그러지, 뭐."

엑페는 상관없다며 곧바로 승낙했다.

하지만 지금 당장 신성제국으로 떠날 수는 없었다. 나는 엑
페의 도착과 앞으로 할 일들을 박 소위에게 전달한 다음, 곧
바로 뱅가드에 처음 도착했을 때 살았던 27번 구역으로 이동
했다.

"주한 님, 돌아오셨군요!"

27번 구역에 있는 밸런스 소드 클랜의 도장에는 코르시 사
범이 다시 돌아와 있었다. 나는 코르시와 악수를 나눈 다음
간략한 사정을 설명했다.

"그래서 예전처럼 운동장을 좀 빌렸으면 합니다. 괜찮을까
요?"

"괜찮다마다요. 그런데 지금 운동장에는 장로님이 계십니다."

"팔틱 선생님요?"

"네. 마침 오셨으니 인사라도 드리는 게 좋겠군요."

코르시는 우리들을 이끌고 운동장으로 나갔다. 넓은 운동
장 한가운데는 수염이 하얗게 센 노인이 홀로 천천히 검을 휘
두르고 있었다.

"선생님!"

"오, 돌아왔군!"

팔틱은 반색하며 내 쪽으로 걸음을 옮겼다.

"류브에서 활약했다는 소문은 들었네. 자세한 건 모르지만, 아무튼 무사히 잘 끝나서 다행이야."

나는 고개를 숙이며 답했다.

"모두 선생님 덕분입니다."

"내가 뭐 한 게 있나? 아니, 정말 난 아무것도 한 게 없지. 그런데 이쪽 여성분은 처음 보는 거 같은데… 괜찮으면 소개해 주겠나?"

팔틱은 엑페를 보며 물었다. 하지만 내가 뭐라 대답하기도 전에 엑페가 먼저 팔틱의 어깨에 손을 떡하니 얹으며 말했다.

"팔틱이라고? 오랜만이네!"

"으, 음?"

"나 기억 안 나니? 너 아주 어렸을 때 몇 번 봤는데. 이젠 아주 영감탱이가 다 됐구나!"

팔틱은 영문을 모르겠다는 얼굴로 내 쪽을 보았다. 나는 두 사람이 친분이 있을 거라고는 상상조차 못 했기에 고개를 저어 보였다.

"뭘 그렇게 눈을 휘둥그레 뜨고 그래? 나야, 나. 루미나스. 정말 기억 안 나니?"

"루미나스라니……."

순간 팔틱의 표정이 경악으로 물들었다.

"루미나스 엑페 크루이거 전하!"

"잠깐, 스톱! 너 지금 너무 많이 잘못 알고 있어!"

엑페는 재빨리 팔틱의 입을 틀어막으며 말했다.

"일단 막 소리 치지 마! 다른 사람 들을라. 그리고 난 더 이상 크루이거가 아니야. 그보다도 크루이거였을 때도 전하라고 불릴 만한 신분은 아니었고."

"하지만 당신은 전 황제… 아니, 전전 황제의 누이셨을 텐데……."

팔틱은 숨을 죽였다. 엑페는 고개를 마구 저으며 말했다.

"이제 와서 다 쓸데없다는 이야기지. 이젠 그냥 엑페야. 그러니까 너도 엑페라고 부르렴. 루미나스라고 불러도 좋고."

"그 무슨 말도 안 되는 말씀을 하십니까……."

팔틱은 그 자리에서 무릎을 꿇으며 주저앉았다.

그러고는 바닥에 이마를 대며 큰절을 올리기 시작했다. 나는 분위기가 매우 난감해졌다는 걸 느끼며 엑페에게 물었다.

"팔틱 님은 제 스승님이십니다. 두 분이 정확히 어떤 관계이십니까?"

"별로 관계는 없어. 내가 저 녀석 어렸을 때 밸런스 소드 클랜에 몇 번 드나들었을 뿐이야."

엑페도 부담스러운 표정이었다. 그러자 팔틱이 번개같이 몸을 일으키며 항변했다.

"그게 무슨 말씀이십니까! 당신은 제 스승님께 검을 가르쳐 주신 분 아닙니까! 항렬로 치면 제가 감히 고개도 들지 못할 높은 분이십니다!"

나는 헉 소리를 내며 엑페에게 물었다.

"설마 밸런스 소드 클랜이었습니까?"

"그럴 리가."

엑페는 손사래를 치며 고개를 저었다.

"그냥 내가 젊었을 때 어떤 아이를 잠시 가르쳤을 뿐이야. 싹수가 보여서. 혹시 나중에 소드 마스터가 될까 싶었거든. 근데 소드 마스터는 안 됐고… 나중에 밸런스 소드 클랜에 들어가서 장로가 되더라."

"오오… 이제야 기억납니다. 제가 아직 10대일 때 오셔서 지켜보곤 하셨죠. 그때나 지금이나 거의 변하지 않으셨군요."

팔틱은 엑페의 손을 잡으며 눈물까지 흘렸다.

그의 나이가 현재 140살이라는 것을 감안하면 최소 120년 전의 일이었다는 것이다. 팔틱이 한눈에 엑페의 얼굴을 알아보지 못한 것도 당연한 일이었다.

엑페는 어린아이 다루듯이 팔틱의 머리를 쓰다듬으며 웃었다.

"그래그래. 너도 옛 모습이 남아 있구나. 아주 조금이긴 하지만. 그런데 여기서 뭐 하고 있던 거니?"

"저야 그저 운동 삼아… 그런데 크루이거 전하야말로 어찌 이런 곳에 오신 겁니까?"

"엑페."

"네?"

"엑페라고 부르라고."

"아… 엑페 님."

엑페는 그제야 만족한 얼굴로 고개를 끄덕였다.

"나는 여기 있는 주한한테 고유 스킬을 전수해 주려고 왔어. 전에 약속했거든. 내 목숨을 살려주는 대가로."

"네?"

"아직 못 들었어? 류브에서 얘랑 나랑 싸워서 내가 졌다는 거."

"네? 네? 네?"

팔틱은 목소리의 톤을 높이며 세 번이나 반문했다.

물론 팔틱이 모르는 것도 당연했다. 레비의 대신전에서 정확히 무슨 일이 벌어졌는지 알고 있는 것은 박 소위나 동료들을 비롯한 극소수에 불과했으니까.

엑페는 살짝 귀찮다는 표정을 지었다.

"아무튼 그렇게 됐으니까, 괜찮으면 자리를 좀 비켜주지 않겠니? 지금부터 내 고유 스킬을 주한에게 전수해 줘야 하니까. 아, 그보다도 고스트 소드부터 가르쳐야겠네."

"그 무슨……."

팔틱은 혼란스러운 얼굴로 나와 엑페를 번갈아 보았다.

그러다 갑자기 내 어깨를 붙잡으며 소리쳤다.

"주한! 그럼 나도 자네에게 내 고유 스킬을 전수해 주겠네! 엑페 님보다 먼저!"

*   *   *

1. 소드 마스터이자, 고개를 들 수조차 없는 사조(師祖)격인 엑페가 주한에게 자신의 고유 스킬을 전수한다고 한다.

2. 그런데 엑페에 비하면 새 발의 피도 아닌 자신이 과거에 자존심을 내세워 주한에게 고유 스킬을 전수해 주는 것을 거부했다.

3. 그렇다면 이건 엄청난 불경이다. 사조께서 기술을 전수하기 전에 자신부터 먼저 해결해야 한다.

'대충 의식의 흐름이 이런 식으로 이어진 모양인데……'

덕분에 나는 엑페보다 먼저 팔틱에게 고유 스킬을 배워야 할 처지가 되었다.

팔틱은 가볍게 헛기침을 하며 말했다.

"먼저 고유 스킬이란, 3단계 소드 익스퍼트 이상의 전사가 스스로 직접 만들어낸 오러 스킬을 말하는 거네. 개중에는 다수의 전사들이 쓸 수 있게 된 덕분에 공용 스킬처럼 여겨지는 것도 있지."

"그게 바로 고스트 소드야."

엑페가 끼어들었다. 그녀는 코르시가 부리나케 가지고 온 의자에 앉아 느긋한 자세로 우리 둘을 지켜보았다.

팔틱은 황송한 듯 고개를 조아렸다.

"네, 바로 그렇습니다. 흐음… 그런데 주한, 고스트 소드는 일반 스킬이 되었다 해도 어지간해선 배우기 힘든 스킬이네. 나도 못 배웠지."

"그래? 내가 가르쳐 줄까?"

엑페가 다시 끼어들었다. 난 쓴웃음을 지으며 그녀에게 말했다.

"엑페? 지금은 일단 지켜만 보시는 게 좋겠습니다. 선생님이 몸 둘 바를 몰라 하시는 것 같은데요."

"아, 미안. 알았어."

엑페는 어깨를 으쓱였다. 팔틱은 내게 한 발 다가오며 나지막한 목소리로 말했다.

"주한, 그런데 정말 자네가 크루이거… 아니, 엑페 님을 상대로 싸워 이긴 건가?"

"네. 어쩌다 보니."

"그 말은 자네도 마찬가지로… 소드 마스터가 되었다는 건가?"

"네. 어쩌다 보니."

"허허… 역시 자네는 내 상상을 아득히 초월하는군."

팔틱은 헛웃음을 지으며 다시 한 발 물러섰다.

"그럼 다시 고유 스킬로 돌아와서, 어이했든 핵심은 스스로 만들어냈다는 거네. 그래서 고유 스킬은 언제나 특별한 방향성을 가지게 되지."

"어떤 방향성 말입니까?"

"말하자면… 그래, 예술성이라고 할까? 아무래도 스스로가 평생 동안 쌓아온 수련의 성과와도 같은 거라, 실전성에 집중하기보다는 '이런 것도 가능하다'를 보여주기 위한 과시적인 면이 크게 작용하네."

"난 아닌데? 난 말 그대로 실전에만 치중해서 만들었어."

"엑페?"

나는 부드럽게 엑페를 노려보았다. 엑페는 양손을 입을 막으며 시선을 돌렸다.

"그… 그럼 지금부터 내 소드 스킬을 전수하도록 하지. 먼저 잘 봐두게나 시전을 해볼 테니."

팔틱은 몸을 돌리며 텅 빈 운동장을 바라보았다.

그리고 몸을 살짝 기울인 채 오러를 발동시켰다.

파지지지지직!

남색의 선명한 오러가 강렬한 빛을 발한다.

하지만 칼을 뽑진 않았다. 그는 양손을 모아 집중하며 오러의 구슬을 만든 다음, 한순간에 기합을 외치며 공중으로 집어던졌다.

"합!"

그것은 일종의 거대한 컴팩트 볼이었다.

오러의 구슬은 빠른 속도로 운동장의 중심부까지 날아간 다음, 하늘에서 폭발을 일으켰다.

콰과과과과과과광!

하지만 폭발은 공격 수단이 아닌, 공의 분열을 위한 과정에 불과했다.

순간적으로 수백 개의 조각으로 갈라진 오러의 덩어리들이 지면을 향해 폭우처럼 쏟아지기 시작했다.

파지지지지지지지지지직!

사방으로 30여 미터에 달하는 공간이 오러의 폭우를 뒤집어쓰며 작열했다. 팔틱은 한동안 거친 숨을 몰아쉬다 심호흡을 하며 내 쪽을 다시 돌아봤다.

"이게 바로 내 고유 스킬인 '헤비 레인(Heavy Rain)'이네. 효과는 보시다시피 이렇고… 대신 오러가 좀 많이 소모되지."

"굉장하군요!"

나는 솔직하게 감탄했다.

그것은 과거의 내가 추구하던 '화력'의 개념에 더할 나위 없이 들어맞는 기술이었다.

팔틱은 쓴웃음을 지으며 고개를 저었다.

"아니, 이건 그렇게 대단한 기술이 아니네. 무엇보다 같은 등급의 적에게 명중시키기 힘들지. 예측한다면 미리 보고 피할 수 있으니까."

"무슨 소리니? 이건 내가 봐도 놀랄 만한 구석이 있어!"

그러자 엑페가 도저히 참지 못하겠다는 듯 소리쳤다.

"위력이나 속도는 뭐 그래. 하지만 중요한 건 딜레이야. 대체 어떻게 오러 볼이 폭발하는 시간을 컨트롤할 수 있는 거니? 나도 이런 건 처음 봤다, 얘. 나야말로 배워서 좀 써먹어야겠어."

"허허… 그게 그러니까……."

팔틱은 뒷머리를 잠시 긁적이다 말을 이었다.

"핵심은 처음 오러 볼을 만들 때 압축시키는 오러의 양입니다. 처음에는 컴팩트 볼보다 더 강력한 압축의 오러 볼을 만들고, 그다음에는 서서히 압축의 강도를 줄여가면서 구슬의 바깥쪽을 덧씌워 갑니다. 이걸 통해 일종의 시한폭탄 같은 딜레이를 줄 수 있는 것이죠."

"오… 정말? 그냥 그렇게 하면 저렇게 돼? 너 진짜 머리 좋구나!"

엑페는 박수까지 치며 감탄했다. 팔틱은 쑥스러운 표정을 지으며 연신 고개를 저었다.

"아니, 아닙니다. 여기까지 오는 데 수십 년이 걸렸습니다. 머리보단 시간으로 완성했죠. 오러를 압축하는 최적의 비율을 조정하기 위해서 얼마나 많은 시행착오를 거쳤는지 모릅니다."

"아무튼 발상이 좋아. 좋아, 그럼 나도 같이 배워볼까? 그래도 되지? 응? 주한, 너도 그렇고?"

엑페는 이미 양손을 모아 오러의 구슬을 만들고 있었다. 나는 대답 대신 한쪽 어깨를 으쓱여 보였다.

*　　　　*　　　　*

개인차가 있긴 하지만 평범한 컴팩트 볼은 보통 10에서 15 사이의 오러를 사용한다.

하지만 헤비 레인은 최소 150의 오러를 단숨에 소모한다.

폭발적인 위력은 좋지만, 효율만 따지고 보면 오히려 나쁜 축에 속하는 기술일지도 모른다.

그리고 오러의 소모가 너무 큰 탓에 한 번에 두세 번 이상 연습할 수도 없다.

물론 내 최대 오러는 662다.

모조리 소모하면 네 번까지 쓸 수 있었다.

'하지만 단지 수련을 위해 가진 오러를 전부 소모하는 건 위험하다. 갑자기 닥칠 주변의 위험에 대처하지 못하면 곤란해.'

그래서 수련은 대부분 이론적인 것에 머물렀다.

좀 더 익숙해진 다음에는 오러의 규모를 5분의 1 정도로 줄인 작은 오러 볼로 테스트를 진행했다.

그리고 테스트가 끝난 다음에야 최종적으로 진짜 헤비 레인을 연습했다.

그렇게 헤비 레인을 완성할 때까지 총 7일이 걸렸다.

팔틱은 자신이 이 기술을 처음 떠올리고, 완벽하게 완성할 때까지 30년이 걸렸다며 한숨을 내쉬었다.

하지만 엑페도 만만치 않았다. 그녀는 나보다도 높은 오러의 총량과 회복력을 동원해, 시작한 지 12일 만에 완벽한 헤비 레인을 성공시켰다.

"주한은 지구인이라 그렇다 쳐도… 엑페 님의 오러에 대한 친화력은 가히 레비그라스인 중 최고라 해도 과언이 아닙니다."

팔틱은 나보다도 엑페의 성공에 더욱 감탄했다.

엑페는 마치 운석이라도 떨어진 것처럼 푹 팬 운동장을 보며 고개를 저었다.

"꼭 친화력 때문은 아니야. 일단 알면 돼. 그럼 대부분의 기술을 배우는 게 훨씬 쉬워지니까."

"그게 바로 친화력입니다."

"꼭 그렇지 않다니까? 너도 일단 이런 걸 만들어 쓸 수 있으니까 '아는 사람'이야."

"저도 말입니까?"

"그래. 그러니 너도 다른 고유 스킬을 빨리 배울 수 있을 거란다."

엑페는 자신 있게 미소 지었다.

그러고는 자신의 이론을 확인하기 위해서 나와 팔틱에게 동시에 자신의 고유 스킬을 전수하기 시작했다.

*　　　　*　　　　*

엑페의 이론은 반만 맞았다.

친화력이 높진 않지만 이미 오러에 있어 대가를 이룬 팔틱은 열흘 만에 고스트 소드를 완성했다.

하지만 반대로 고스트 소드를 단 하루 만에 완성한 나는 열흘이 지나도 그녀의 진짜 고유 스킬인 소드 스톰을 완성하지 못했다.

"뭐, 이게 좀 까다롭긴 해."

수련을 시작한 지 12일째 되는 날, 엑페는 폐허가 된 숲의 공터를 보며 입맛을 다셨다.

"고스트 소드를 동시에 스무 개 정도 만드는 것도 까다롭지만, 그걸 정해진 방향으로 동시에 쏘는 것도 까다로워."

"네. 확실히 그렇군요."

나는 반쯤 탈진한 기분으로 고개를 끄덕였다.

우리가 있는 곳은 박 소위의 사유지이자, 그레이 엘프들의 새로운 보금자리인 루그란트 숲이다.

뱅가드의 74번 구역에 있는 밸런스 소드 클랜의 운동장에서는 더 이상 수련을 지속할 수 없었다.

운동장 자체가 폭격을 맞은 것처럼 구멍이 마구 뚫린 것도 있고, 거기에 빅 스카 때 피난 갔던 시민들이 다시 민가로 돌아와 진동과 폭음에 항의를 하기 시작한 게 결정적이었다.

나는 머릿속으로 소드 스톰의 이미지를 그리며 말했다.

"열 자루까지는 어떻게든 만들어서 동시에 컨트롤할 수 있습니다만… 당장 그 이상은 무리입니다. 이건 오러에 대한 친화력 문제가 아닌 것 같군요."

"사실 열 자루나 되는 것도 대단하긴 해. 팔틱은 한 번에 세 자루도 못 만들던걸."

함께 수련하던 팔틱은 과로로 쓰러지는 바람에 엘프 마을에서 휴식 중이었다. 나는 거의 바닥을 드러낸 오러를 느끼며 심호흡을 했다.

"여기가 안전한 곳이라 망정이지… 안 그러면 이렇게 오러를 바닥까지 긁어 쓰진 못했을 겁니다."

"마음은 알겠지만 너무 조심하는 거 아니니? 제국과의 협상도 끝났고, 듣자하니 그쪽 대신전은 완전 침묵하고 있다던데?"

"그렇다고 레빈슨이 죽은 건 아니니까요. 언제 어디서 불시에 기습을 해올지 알 수 없습니다."

내가 경계하는 것은 레빈슨이 미리 빼돌린 지구인 정예들이었다. 엑페는 근처에 박살 난 나무 기둥에 걸터앉으며 고개를 끄덕였다.

"그건 그래. 대신관은 방심할 수 없는 남자니까. 그럼 반대로 이렇게 계속 수련만 하고 있어도 되는 거니? 나야 뭐 완전히 눌러앉아도 상관없는데, 너는 당장에라도 수색을 벌여야 하지 않겠어?"

"안 그래도 그럴 생각입니다."

나는 시공간의 주머니 속에서 물통을 꺼내며 말했다.

"자유 진영 측에서 그걸 위해 어떤 교섭을 따로 진행했습니다. 그것만 도착하면 곧바로 제국령으로 다시 들어갈 생각입니다."

"교섭? 그리고 뭐가 도착하는데?"

펑!

그때 멀리 엘프 마을 쪽에서 폭죽이 터져 올랐다. 나는 엑페를 바라보며 어깨를 으쓱였다.

"호랑이도 제 말 하면 온다더니… 방금 마을에 도착한 모양이군요."

*　　　*　　　*

"전에는 정말 죄송했습니다."

셀리아 왕녀는 만나자마자 한쪽 무릎을 꿇으며 사과했다.

"제가 괜히 나서는 탓에 주한 님께 큰 폐를 끼칠 뻔했습니다. 그때는 제가 기절한 탓에 사과도 드리지 못했네요. 지금이라도 제 잘못을 용서받고 싶습니다."

나는 셀리아의 몸을 일으키며 고개를 저었다.

"이러실 필요 없습니다, 왕녀님."

셀리아와 만난 것은 루도카와의 전투 이후 처음이었다. 나는 겔브레스가 그녀를 인질로 삼고 나와 협상했던 기억을 떠올리며 가볍게 웃었다.

"전부 저를 도우려다 그렇게 된 거니까요. 사과하실 필요는 없습니다."

"그래도 너무 죄송스러워서……."

"앞으로 위험한 곳에 나서지 않으시면 됩니다. 자유 진영의 상징과도 같은 분이시니까요. 자신의 목숨을 좀 더 소중히 여겨주시면 그걸로 충분합니다."

"위험한 곳이라고 해서 말입니다만."

그러자 왕녀를 수행해 온 검은 갑옷의 기사가 주변을 살피며 물었다.

"대체 여긴 어딥니까? 회색 피부의 엘프라니… 들어본 적도 없습니다. 어째서 안티카 왕국의 영지 내에 이런 곳이 있는 겁니까? 아무리 주한 님이 있다 해도 이런 곳은……."

기사는 흑룡기사단의 막내로 불린 로스풀 남작이었다. 셀리아는 곧장 도끼눈을 뜨며 기사를 나무랐다.

"조용히 하세요, 로스풀! 이곳이 안전하지 않다면 주한 님께서 어찌 저를 초대하셨겠습니까?"

"하, 하지만 왕녀님, 아무래도 저 혼자로는 불안합니다. 최소한 루니아 님이라도 경호에 추가하셔야……."

"루나루나는 지금 요양 중이에요. 당신은 그저 자신의 역할에만 충실하면 됩니다."

"물론 저는 제 역할에 충실할 생각입니다만……."

순간 로스풀이 힉 소리를 내며 한 발 뒤로 물러났다. 나는 뒤쪽에 다가오는 엑페를 돌아보며 눈살을 찌푸렸다.

"엑페 님, 굳이 오러를 켜고 오실 필요는 없지 않습니까?"

"아? 응? 아, 미안."

엑페는 즉시 오러를 거두며 웃었다.

"켜놓은 걸 깜빡 잊었네. 미안해. 괜히 압박하려고 그런 건 아니란다."

"소… 소드 마스터!"

로스풀은 믿을 수 없다는 얼굴로 엑페와 왕녀를 번갈아 보았다.

"와, 왕녀님! 방금 보셨죠? 저 아줌… 아니, 저 여성분, 보라색 오러였어요! 소드 마스터였다고요!"

"그래요, 로스풀. 저도 봤습니다."

왕녀는 애써 태연함을 유지하고 있었다. 엑페는 그런 왕녀를 향해 입을 쩍 벌리며 다가갔다.

"세상에나, 세상에! 무슨 이렇게 예쁜 애가 다 있담! 네가 바로 그 소문이 자자한 셀리아구나! 어쩜 이 얼굴 봐! 게다가 이 머리카락까지!"

그러고는 다짜고짜 왕녀를 껴안고 머리를 쓰다듬기 시작했다. 로스풀은 헉 소리를 내며 다시 한 발 앞으로 나섰다.

"무, 무례합니다! 당장 물러나십시오! 아무리 당신이 소드 마스터라 해도… 아니, 그런데 소드 마스터는 이제 두 명인데… 그런데 그중 여성이라면… 설마 검신 엑페?"

로스풀은 사색이 된 채 칼을 뽑아 들었다.

"제국인이 아닙니까! 주한 님, 이건 대체!"

"그 칼 다시 넣으세요, 로스풀."

그러자 셀리아가 손을 뻗으며 제지했다.

"이분이 절 해치려 했다면 전 이미 이 세상에 없을 테죠. 물론 당신도 마찬가지입니다. 그리고 주한 님과 함께 있었으니 절대 적이 아닙니다."

"어머, 머리도 좋은 아이네. 세상에 이런 예쁜 아이를 마음 대로 불러내다니, 주한이 너도 이제 보니 보통 난봉꾼이 아니었구나?"

"하아……."

난 한숨을 내쉬며 고개를 저었다.

"놀리는 건 그만 됐으니 좀 비켜주십시오. 그보다 왕녀님, 부탁한 건 어떻게 됐습니까?"

"네. 여기 이렇게 가져왔습니다. 로스풀?"

그러자 로스풀이 갑옷 틈에 끼워 놓았던 편지를 뽑아 내밀었다.

"여기 있습니다, 주한 님."

"감사합니다."

나는 고개를 끄덕이며 편지를 받아 들었다. 편지의 내용물은 제약 없이 제국령을 여행할 수 있다는 여행 허가증이었다.

"제국은 휴전이 급했기 때문에 교섭하는 게 무척 쉬웠답니다. 이것만 있으면 성도 류브를 제외한 제국의 전 지역을 마음껏 돌아다닐 수 있을 거예요."

셀리아는 미소를 지었다. 나는 열흘쯤 전에 박 소위를 통해 넣었던 부탁을 떠올리며 고개를 숙였다.

"다시 한 번 감사드립니다. 교섭으로 바쁘신 와중에 제 부탁까지 들어주시느라 수고가 많으셨습니다."

"수고는요. 저야말로 오랜만에 제 실력을 발휘할 수 있어서 즐거웠답니다."

셀리아의 전공 분야는 전투가 아닌 외교였다. 그녀는 자유 진영의 대표로 제국과의 교섭에 참가해 자유 진영의 막대한 이득을 이끌어냈다.

그리고 내게 귀중한 선물을 안겨주었다. 이제는 가짜 신분증을 가지고 조심하며 제국령을 돌아다닐 필요가 없게 되었다.

*　　　　*　　　　*

"그럼 내일 다시 떠나신다는 말씀이시군요."

박 소위는 고개를 끄덕이며 말했다.

"그럼 필요하신 만큼 보급 물자를 챙겨두는 게 좋겠습니다. 이번에는 얼마나 있다가 돌아오실 계획입니까?"

우리가 있는 곳은 뱅가드의 동쪽 끝에 있는 보급 창고였다. 나는 박스에 담긴 마력 회복 포션부터 주머니 속에 집어넣으며 말했다.

"한 달 정도가 아닐까? 그보다도 부탁하고 싶은 일이 있다."

"말씀하십시오."

"만약 대신관이 빼돌린 지구인들을 구해낸다면 그들 역시 무사히 뱅가드까지 인도해야 한다."

"네?"

박 소위는 의아한 표정을 지으며 되물었다.

"이번에 제국령을 여행하시는 목적은 엑페 님의 안내로 새로운 정령왕과 접촉하는 게 아니었습니까?"

"그건 두 번째지. 첫 번째는 당연히 지구인 구출이다."

"하지만 대신관은 완전히 실종됐습니다. 제가 모르는 정보라도 얻으신 겁니까?"

"스텔라가 대신전의 비밀 거점 몇 개를 알고 있다. 먼저 그곳부터 뒤져볼 생각이야."

"비밀 거점이라… 저는 금시초문입니다."

"어쨌든 그중에 가장 확률 높은 곳이 빙해 너머에 있는 얼음 대륙이라고 하더군. 혹시 모르니 그쪽으로 수송선 한 척을 미리 보내줄 수 있겠나?"

그것이 내 부탁이었다. 박 소위는 한동안 고민하다 대답했다.

"약간 까다롭겠군요. 사실 배 한 척 보내는 건 아무것도 아닙니다. 다만 얼음 대륙은 제국령이 아닌 다른 곳에서 접근하기 대단히 힘든 지형입니다."

"어째서? 지구로 치면 북극 같은 곳이 아닌가?"

"바로 그래서 문제입니다. 연결된 항로가 1년에 10개월 이상 얼어붙어 있습니다. 레비그라스는 지구처럼 온난화가 진행되지 않았으니까요."

"바다가 얼어붙어 있단 말인가……."

"어쨌든 가장 가까운 곳에 배를 대기시켜 놓겠습니다. 하지만 준장님이 현지에서 배가 있는 곳을 알아내긴 어려울 겁니다. 초대형 폭죽이라도 하나 준비해 놓을까요? 얼음 대륙이 워낙 넓어서 그것으로도 힘들겠습니다만……."

"아니, 그럴 필요 없다."

나는 고개를 저으며 말했다.

"그보다는 수송선에 미리 샌드 웜 유체를 한 마리 데려가도록 해."

"샌드 웜 새끼를 말입니까?"

"그럼 내가 알아서 그쪽으로 찾아가지. 설마 얼음 대륙 근처에 샌드 웜이 살진 않을 테니까."

"아… 준장님의 맵온은 그게 가능하겠군요."

박 소위는 탄식하며 고개를 끄덕였다.

"알겠습니다. 당장 샌드 웜 새끼 한 마리를 공수해서 수송선에 보내겠습니다. 여행 중에 샌드 웜이 죽지 않도록 전문가를 고용해야겠군요."

"부탁한다. 그리고 한 달 넘게 내가 안 오면 다른 문제가 생겼다고 생각하고 바로 귀환시키도록 해."

"선장에게 미리 말해놓겠습니다. 아, 그런데 준장님."

박 소위는 뒤늦게 생각났다는 듯, 손가락을 튕기며 말했다.

"전에 부탁하신 그거, 분석이 끝났습니다."

"그거?"

"준장님이 우주 괴수의 시체에서 주워 오신 스프레이 통 말입니다."

박 소위는 창고의 안쪽으로 걸음을 옮기며 말했다.

"실은 며칠 전에 분석이 끝나서 여기 가져다 놓았습니다. 깜빡 잊을 뻔했군요."

창고의 안쪽엔 귀중품을 넣어두는 금고가 있었다. 박 소위는 손수 금고를 열어 문을 열며 안쪽을 가리켰다.

"제 근력으론 만만치 않은 물건이라… 실례지만 준장님께서 꺼내주시겠습니까?"

나는 두말없이 그것을 꺼냈다.

스프레이 통을 닮은 은색의 매끈한 금속.

레비의 대신전을 무너뜨리고 뱅가드에 돌아온 나는 기존에 챙겨뒀던 각종 몬스터의 부속물을 포함해 이 금속 통까지 전부 박 소위에게 위탁했다.

나는 금속 통을 근처의 상자 위에 올려놓았다. 박 소위는 빠득, 하고 소리를 내며 우그러지는 상자를 보고는 한숨을 내쉬었다.

"먼저 말씀드려야 할 것은… 이것이 무기라는 겁니다."

"무기? 이걸 둔기로 휘두른단 말인가?"

"물론 그런 용도로 쓸 수도 있겠습니다만."

박 소위는 쓴웃음을 지으며 고개를 저었다.

"그보다는 칼에 가깝습니다. 거기 통의 위쪽에 버튼 같은 게 달려 있지 않습니까? 그걸 조작하면 칼이 나옵니다."

버튼이라면 전에 나도 몇 번이나 눌러봤다. 나는 금속 통을 다시 집어 들며 버튼을 눌렀다.

"그냥 누르는 게 아닌가?"

"누르지 말고, 먼저 슬라이드 해보십시오."

"슬라이드?"

"그러니까… 지구의 폰처럼 말입니다."

박 소위는 손가락을 좌우로 흔들었다. 나는 버튼에 댄 엄지 손가락을 가볍게 옆으로 밀었다.

"그다음엔?"

"그다음에 버튼을 누르십시오. 그럼 작동합니다."

나는 가볍게 버튼을 눌렀다.

그러자 정말로 칼날이 튀어나왔다.

지이이이이이잉!

그것은 그냥 칼날이 아니었다.

광선검.

두껍게 뭉친 푸른 레이저가 이글거리며 타오르고 있다.

"레이저 병기? 정말인가?"

"네. 이건 100퍼센트 초과학 차원의 물건입니다."

박 소위는 광선검을 노려보며 고개를 끄덕였다.

"이걸 조사하다가 연구원 중 한 명의 가슴에 구멍이 뚫렸습니다. 근처에 신관이 있어 망정이지, 과다 출혈로 급사할 뻔했다고 하더군요."

"그거 천만다행이군… 하지만 이런 게 어째서 우주 괴수의 배 속에 있던 거지?"

나는 도저히 이해할 수 없었다. 박 소위는 금고 속에 같이 넣어둔 보고서를 꺼내 읽으며 말했다.

"물론 저도 모릅니다. 크로니클의 연구원들은 다방면으로 이 광선검을 조사했지만, 결국 그 어떤 원리나 사용되는 힘의 근원을 밝혀내지 못했습니다."

"당연하지. 판타지 차원의 인간들이 초과학 차원의 병기를 이해하는 건 무리야."

나는 나무 상자를 향해 광선검의 날을 천천히 기울였다.

지이이이이잉…….

나무 상자는 말 그대로 두부처럼 갈라지며 반으로 쪼개졌다. 나는 검을 수직으로 세워 지면에 꽂아 넣으며 감탄했다.

"힘도 안 줬는데 돌에 구멍이 뚫리는군. 대체 뭐로 동력을 공급하는 거지?"

"마력이나 오러가 아닌 건 확실합니다. 참고로 연구실에서 10분 동안 계속 켜났더니 칼날이 사라졌다고 합니다. 그대로

8시간을 내버려 뒀더니 다시 작동했다고 하구요."

"자체적으로 충전이 되는 건가? 믿을 수가 없군."

나는 고개를 저었다. 박 소위는 헛기침을 하며 물었다.

"아직 안 해보셨다면 스캐닝을 해보시는 게 어떻습니까?"

"그래. 그래야겠어."

나는 고개를 끄덕이며 즉시 광선검을 스캐닝했다.

이름: 초기형 스케라 병기

종류: 무기

특수 효과: 오비탈 차원의 특수한 자원인 스케라를 활용한 하급 병기. 대량의 스케라를 압축해 연료로 사용하는 탓에 매우 무겁다.

"스케라?"

나는 눈살을 찌푸리며 그 단어에 의식을 집중했다.

[스케라 — 오비탈 차원에 존재하는 특수한 에너지. 질량을 가지고 있으며 압축이 가능하다.]

설명은 매우 빈약했다. 나는 버튼을 다시 한 번 눌러 칼날을 거두며 말했다.

"확실히 오비탈 차원의 무기가 맞다. 하지만 스캐닝으로도 상세한 정보는 안 나오는군."

"그런데 말씀하신 '스케라'는 뭡니까?"

"오비탈 차원에만 있는 특별한 에너지인 것 같다. 레비그라스 차원의 마나와 비슷한 게 아닐까 싶군. 물론 지구에도 소량의 마나는 존재했지만……."

나는 불현듯 물의 정령왕이 내게 한 부탁을 떠올렸다.

"문주한, 당신의 힘으로 오비탈 차원의 힘이 레비그라스 차원으로 넘어오는 것을 막아주시길 바랍니다."

그리고 정령왕 아쿠렘은 이미 오비탈 차원의 힘의 일부가 레비그라스로 넘어왔다고 말했다.

"결국 생각할 수 있는 건 레빈슨뿐이다."

나는 눈살을 찌푸렸다. 박 소위는 목이 타는지 혀로 입술을 핥으며 말했다.

"대신관이 오비탈 차원으로 넘어가서 그쪽의 무기를 받아왔다는 말씀이시군요."

"그래. 달리 설명할 방법은 없겠지."

"하지만 레빈슨은 레비그라스인입니다. 지구인도 아닌데 다른 차원에 맘대로 갈 수 있단 말입니까?"

바로 그것이 의문이었다. 나는 한동안 고민하다 한숨을 내쉬었다.

"오비탈 차원은 과학이 발달했으니… 어쩌면 그것을 막는 기술을 발명했을지도 모르겠군."

"상상만 해도 끔찍하군요. 어쨌든 레빈슨과 오비탈 차원이 손을 잡았다는 이야기니까요."

박 소위는 오한이 느껴지는지 몸을 떨었다. 나는 고개를 끄덕이며 광선검을 허리춤에 꽂아 넣었다.

그러자 무게중심이 광선검 쪽으로 쏠려서 불편했다. 나는 쓴웃음을 지으며 광선검을 시공간의 주머니 속으로 집어넣었다.

"평범하게 가지고 다니긴 힘든 무기군. 어쨌든 전투에 도움이 되겠지."

"준장님, 이건 예삿일이 아닙니다."

박 소위는 심각한 얼굴로 주장했다.

"레비그라스 차원의 오로나 마력이 오비탈 차원의 과학과 결합하면 그 파급력은 상상조차 할 수 없습니다."

"동의한다. 하지만 아직 거기까지 간 건 아니겠지."

만약 그랬다면 지구인 수용소와 레비의 대신전이 그렇게 쉽게 무너지진 않았을 것이다. 박 소위는 불길한 표정을 지으며 조심스레 말했다.

"그래도 시간문제라고 봅니다. 방금 그 광선검이 증거겠죠. 어쩌면 우린 그자에게 너무 긴 시간을 주고 있는 게 아닐까요?"

"동감이다. 지금 당장에라도 출발하는 게 좋겠군."

나는 고개를 끄덕였다. 박 소위는 크로니클에서 개발한 새로운 포션과 보급품을 금고에서 꺼내 챙겨주며 말했다.

"죄송합니다, 준장님. 너무 준장님 한 분에게 큰 짐을 지워드리는 것 같군요."

"신경 쓰지 마라. 그보다 최근에 돈을 너무 많이 쓰고 있는 것 아닌가?"

"준장님이야말로 걱정하지 않으셔도 됩니다. 덕분에 마력 회복 포션을 자유 진영 전체에 유통할 수 있게 됐으니까요."

박 소위는 드링크병만 한 포션병을 집어 들며 웃었다.

"이거 한 병에 소매가로 200썰입니다. 이미 전국의 상점에서 30만 병의 선주문이 들어왔습니다."

"30만 병? 그렇게 많이 생산할 수 있는 건가?"

"벌써 공장을 지어서 대량생산에 돌입했습니다. 다만 준장님께 드리는 것보다는 성능이 떨어집니다. 한 병에 13에서 15 정도가 회복됩니다."

그래도 세상에 없던 포션이 새롭게 등장한 건 파격적인 일일 것이다. 나는 전 세계의 상점에서 떼돈을 긁어모으는 장면을 상상하며 쓴웃음을 지었다.

"어째 전보다 더 부자가 되겠군."

"제가 부자가 되는 게 아니라 크로니클의 매출이 오르는 것뿐이지만요. 아무튼 돈 걱정을 하실 필요는 없습니다."

박 소위는 미소를 지으며 날 바라보았다.

"저는 돈으로 할 수 있는 모든 걸로 준장님을 지원하겠습니다. 준장님은 힘으로 할 수 있는 모든 일을 해결해 주시기 바랍니다.

＊　　　　＊　　　　＊

광선검은 말 그대로 모든 것을 베어버렸다.

버틸 수 있는 건 높은 등급의 방어 마법이나, 마찬가지로 높은 수준의 오러 실드 정도였다.

"이거 진짜 좋네. 혹시 나 주면 안 될까?"

테스트를 도와준 엑페가 눈을 반짝이며 물었다. 나는 고개를 저으며 단칼에 거절했다.

"안 됩니다."

"아니, 잘 생각해 봐. 내가 이걸 가지고 너랑 싸우면 꽤 괜찮은 승부가 되지 않을까? 그럼 정말 피가 끓고 심장이 요동치는 멋진 대결을 벌일 수 있을 거야!"

엑페는 손발이 근질거리는 듯 몸을 흔들었다. 나는 한숨을 내쉬며 반박했다.

"저는 피가 끓는 것도 싫고 심장이 요동치는 것도 싫습니다. 그렇게 다시 저와 싸우고 싶습니까?"

"당연하지. 물론 못 이기겠지. 하지만 오히려 이쪽이 더 맘에 들어."

"이쪽이 더 맘에 든다니요?"

"내가 전력을 다해 싸우고, 상대는 그런 날 봐주면서 싸우는 거야. 세상에, 난 그런 걸 상상조차 못 했단다. 열아홉 살쯤에 난 이미 세계 최강이었으니까. 누군가에게 뭘 배운다든가, 전력을 다해 목숨을 건다든가… 내 인생엔 이런 일이 절대 벌어지지 않았어."

엑페는 잔뜩 기대된다는 표정이었다. 나는 멀리 보이는 텔레포트 게이트를 보며 한숨을 내쉬었다.

"하지만 지금은 안 됩니다. 약속대로 제국령에서 일이 끝나고 돌아오면 그때 대련하도록 하죠."

"그냥 대련은 안 돼. 실전 대련, 아니, 그냥 실전도 좋아. 넌 가진 힘의 7할 정도만 사용하면 딱 좋지 않을까? 그리고 비등비등할 때 말하는 거지. 이건 아직 제 힘의 70%에 지나지 않습니다! 이렇게 말이야, 후후……."

아무래도 엑페는 차원경을 너무 많이 본 모양이다. 나는 대꾸하지 않고 오른편에서 걷고 있는 스텔라에게 말했다.

"미안해. 이상한 여자와 함께 여행하게 돼서."

"무슨 소리야. 나보다는 엑페 님이 훨씬 도움이 될 텐데."

"어쩜! 넌 정말 말을 해도 내 맘에 쏙 들게 말하는구나?"

엑페는 활짝 웃으며 스텔라의 손을 붙잡았다.

"걱정 푹 놓으렴, 스텔라. 저 무뚝뚝한 남자가 한눈팔더라도 넌 내가 꼭 지켜줄 테니 말이야."

"감사합니다, 엑페 님. 하지만 주한이 한눈팔 일은 없을 거예요."

스텔라는 날 바라보며 눈웃음을 지었다. 엑페는 헤벌쭉 웃으며 고개를 끄덕였다.

"후후… 그거 좋네. 역시 젊은이들이 좋구나. 달달한 게 그냥 녹아버릴 것 같아. 역시 사람은 얼굴보다는 마음이지. 아, 그렇다고 네 인물이 떨어진다는 이야기는 아니니까 신경 쓰지 마렴."

엑페는 스텔라의 볼을 손가락을 가볍게 누르며 말했다.

"이 정도는 되니까 저 남자가 그런 말도 안 되는 인형에게 한눈을 안 파는 거겠지? 그래도 혹시 모르니 꼭 붙잡고 있으렴. 어디 딴 데 도망가지 않게."

"인형은 누구를 말씀하시는 건가요?"

"셀리아 말이야. 갠 얼굴은 정말 예쁜데 속은 좀 시커먼 데가 있어. 계산적이라고 할까?"

"안티카 왕국의 셀리아 왕녀님 말이군요."

"그래. 나도 처음 봤을 땐 혹했지 뭐니? 진짜 소문이 헛소문이 아니었어. 그런데 분위기를 보니 어째 저 소드 마스터한테 마음이 있는 거 같은데… 어이, 총각! 어딜 그렇게 서둘러 가시나!"

나는 텔레포트 게이트를 향해 일부러 걸음을 빨리 옮기고 있었다.

이곳은 링카르트 공화국의 국경 도시로, 여기서 한 번만 더 게이트를 이용하면 곧바로 신성제국과의 국경에 도착할 수 있었다.

 첫 번째 목표는 제국령의 북부에 있는 코튼 산맥이었다.

 만약 그곳에서 레빈슨의 흔적을 찾지 못한다면 더욱 북쪽으로 이동해 빙해 너머에 있는 얼음 대륙을 향할 것이다.

 인간이 생존할 수 없다는 극한의 땅으로…….

『리턴 마스터』 9권에 계속…

초대형 24시 만화방

신간 100%, 샤워실, 흡연실, 수면실(침대석), 커플석, 세탁기 완비

■ 광명 광명사거리역점 ■

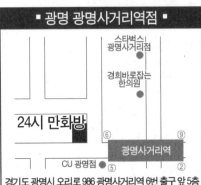

경기도 광명시 오리로 986 광명사거리역 6번 출구 앞 5층
02) 2625-9940 (솔목타워 5층)

■ 강북 노원역점 ■

서울 노원구 상계동 340-6 노원역 1번 출구 앞 3층
02) 951-8324 (화용빌딩 3층)

■ 일산 정발산역점 ■

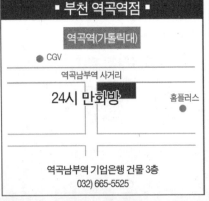

라페스타 E동 건너편 먹자골목 내 객잔건물 5층
031) 914-1957

■ 일산 화정역점 ■

경기도 고양시 덕양구 화정동 984번지 서일빌딩 7층
031) 979-4874 (서일사우나 건물 7층)

■ 부천 역곡역점 ■

역곡남부역 기업은행 건물 3층
032) 665-5525

■ 부평역점 ■

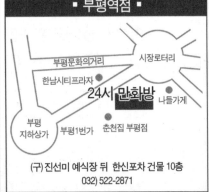

(구) 진선미 예식장 뒤 한신포차 건물 10층
032) 522-2871

아우스
마도 시대의 시작
FUSION FANTASTIC STORY

강준현 장편소설

여덟 번의 죽음을 겪었고, 아홉 번의 삶을 살았다.
그리고 열 번째,
난 노예 소년 아우스로 환생했다.

푸줏간집 아들, 고아, 불량배, 서커스단원, 남작의 시동 등…
아홉 번의 삶을 산 나는 참으로 운이 없었다.

나는 더 이상 과거의 내가 아니다!
내가 꿈꾸던 새로운 삶을 살 것이다!